Ronald Holzmann

Von Schildermalern und Uhrmachern

Der Autor

Ronald Holzmann wurde in Furtwangen im Schwarzwald geboren.

Viele seiner Vorfahren waren im Bereich der Uhrmacherei tätig.

Er studierte die Fächer Deutsch und Musik für das Lehramt an Realschulen und war von 1973 bis 2013 an verschiedenen Realschulen in Südbaden tätig.

Von 1995 bis zum Eintritt in den Ruhestand war er Rektor der Realschule am Mauracher Berg in Denzlingen.

Ronald Holzmann

Von Schildermalern

und Uhrmachern

Roman

Herstellung und Verlag: BoD – Books on Demand, Norderstedt

ISBN: 9 783753 405575

Umschlagsgestaltung: Ronald Holzmann

Schwarzwälder Schilderuhr von Mathias Albert

Foto mit freundlicher Genehmigung des

Klostermuseums St. Märgen

„Was immer geschah im Leben,

sie pochte den Takt dazu."

aus: Die Uhr
         Text: Johann Gabriel Seidl (1830)
         Vertonung: Carl Loewe (1852)

Eine Figurenkonstellation (Hauptpersonen) des Romans steht am Ende des Nachworts auf Seite 215.

Handlungsorte s. Google-Earth , Seite 229 und 230

Anhang:

Uhrenschilder von Mathias Albert, Seite 231 – 236

(Fotos mit freundlicher Genehmigung des Klostermuseums St. Märgen)

1

Schwerer Schicksalsschlag

Sie weinte. Sie weinte so sehr, dass sie keine Tränen mehr hatte und nur manchmal ein leises Schluchzen aus ihrem Mund vernehmbar war. Sie wünschte sich, dass dies alles nur ein böser Traum sei, aus dem sie gleich erwachen würde und dass alles wieder gut wäre. Solche Träume hatte sie schon hin und wieder gehabt. Aber dieses Mal kam kein Erwachen, kein erleichterndes „Gott sei Dank!", dass es vorbei war. Seit gestern war nichts mehr so, wie es zuvor in ihrem Leben gewesen war.

Konkordia hielt den rechten Arm um die Schulter ihrer Mutter. Sie saß neben ihr auf der Ofenbank in der Stube, und auf der anderen Seite hatte sich Franziska eng an die Mutter gekuschelt. Sie war Konkordias ältere Schwester, aber mit ihren dreizehn Jahren auch noch ein Kind. Am Ende der Bank, ganz in sich gekehrt, trauerte Bernhardine.

Alle waren gekommen, die ganze Verwandtschaft und die Nachbarn. Es wurde nicht gesprochen, es wurde gebetet, leise im Chor, jeder leierhaft vor sich hinmurmelnd:

„Gegrüßet seist du, Maria, voll der Gnade, du bist gebenedeit unter den Weibern und gebenedeit ist die Frucht deines Leibes, Jesus, der für uns das schwere Kreuz getragen hat. Heilige Maria, Mutter Gottes, bitte für uns Sünder jetzt und in der Stunde unseres Todes. Amen."

In der Mitte der Stube hatten sie ihn aufgebahrt. Gestern war er gestorben, ganz plötzlich und unerwartet. Als ihn Marie zum Mittagessen gerufen hatte, kam er nicht, und als er nach wiederholtem Rufen noch immer nicht aus seiner Werkstatt in die Stube gekommen war, ahnte sie bereits, dass irgendetwas nicht stimmte.

Sie eilte zur Türe, öffnete sie und fand Mathias, der regungslos, den Oberkörper nach vorne gebeugt, auf seiner Werkbank lag. Sein Kopf lag neben dem Uhrenschild, seitlich gedreht, als wollte er den Blick auf sein letztes Werkstück festhalten.

Marie erstarrte, bis sie begriff, dass für ihren geliebten Mathias jede Hilfe zu spät kam. Dann lief sie schreiend aus der Werkstatt: „Nein, nein, lieber Gott, bitte mach, dass das nicht wahr ist!"

Konkordia und Franziska kamen gerade von draußen ins Haus zurück, als sie die Schreie ihrer Mutter vernahmen. Auch Bernhardine war aufgeschreckt. Sie hatte draußen im Garten einen Johannisbeerbusch abgeerntet. Die Früchte sollten heute zusammen mit einer kühlen Milch zum Nachtisch gegessen werden, denn es war ein heißer Sommertag.

Gemeinsam gingen die drei mit ihrer Mutter in die Werkstatt des Vaters, knieten sich neben ihn und fingen an zu weinen.

Nach einigen Minuten rang Marie nach Luft und begann:

„Vater unser, der du bist im Himmel, geheiligt werde dein Name, dein Reich komme, dein Wille geschehe, wie im Himmel, so auf Erden."

Bernhardine und die beiden Mädchen stimmten in das Gebet ein, und nachdem die letzten Worte *„... sondern erlöse uns von dem Übel. Amen"*, gesprochen waren, sagte die Mutter:

„Wir müssen den Herrn Pfarrer holen, damit er ihm die letzte Ölung geben kann!"

Seitdem war ein Tag vergangen, und bereits in der folgenden Nacht wurde an seinem Totenbett in der Wohnstube abwechselnd gewacht. Mathias war, auf dem Rücken liegend, aufgebahrt. Noch bevor die Leichenstarre eingetreten war, hatte man ihn angekleidet, ihm seinen schwarzen Sonntagsanzug angelegt. Seine Hände waren auf der Brust gefaltet, von seinem Rosenkranz umschlungen, so dass man meinen könnte, er würde still mitbeten. Die beiden Glasleuchter, die Marie von ihren Eltern zur Hochzeit geschenkt bekommen hatte, waren rechts und links neben Mathias aufgestellt, und die beiden Kerzen würden nun so lange brennen, bis man ihn abholen würde. Morgen. So war es der Brauch. Wer in die Stube eintrat, löste andere beim Beten ab, und jeder wusste sofort, an welcher Stelle des Rosenkranzgebets er einzustimmen hatte.

Sie alle kannten seit ihrer Kindheit die vier Formen dieser besonderen Marienverehrung: den glorreichen, den freudenreichen, den lichtreichen und den schmerzhaften Rosenkranz.

St. Märgen war im Laufe der Jahrhunderte seit dem Mittelalter ein Marien-Wallfahrtsort geworden. Um das Kloster, das 1118 als „cella s. Mariae" gegründet wurde, war eine Bauerngemeinde entstanden, und aus St. Marien war irgendwann der Name St. Märgen entstanden. Schmuckstück des kleinen Ortes auf dem hohen Schwarzwald war die Klosterkirche „Mariä Himmelfahrt", die mit ihren beiden Türmen zu den schönsten Gotteshäusern weit und breit zählte. Sie war der Stolz aller Menschen, die hier wohnten, einfache Leute, fromme Bauern und Waldarbeiter mit ihren Familien seit Generationen.

Über die Mutter Gottes gibt es viele Blumenlegenden. Sie wurde zur Rosenkranzkönigin. Im alten Adventslied „Maria durch ein Dornwald ging" wird besungen, dass die Dornen Rosen getragen hätten, als Maria hindurch ging. Im Mittelpunkt des Rosenkranzgebetes steht das immer wiederkehrende „Ave Maria", das aber nicht lateinisch, sondern stets in deutscher Sprache „Gegrüßet seist du, Maria" gesprochen wird.

Jedes Kind bekam in St. Märgen spätestens am Tag der 1. Heiligen Kommunion eine Rosenkranzkette geschenkt. Sie wird beim Beten durch die Hand geführt, bei jedem neuen „Ave Maria" rücken die Finger eine Perle weiter. Die Kette hilft einem so, sich beim Beten nicht zu verzählen. Zehn Perlen bilden ein „Gesätz". In diesem „Gsätzle", so nennen es die Schwarzwälder, beten sie jedes Mal nach dem Wort „Jesus" einen Zusatz.

Es sind die Geheimnisse des glorreichen, des freudenreichen, des schmerzhaften und des lichtreichen Rosenkranzes.

Im schmerhaften Rosenkranz, der Trauernden Trost spendet, weil er das Leiden und Sterben Jesu thematisiert, lauten diese Zusatzworte:

1.   …Jesus, der für uns Blut geschwitzt hat.

2.   …Jesus, der für uns gegeißelt worden ist.

3.   …Jesus, der für uns mit Dornen gekrönt worden ist.

4.   …Jesus, der für uns das schwere Kreuz getragen hat.

5.   …Jesus, der für uns gekreuzigt worden ist.

An Mathias' Totenbett war es am Ende des Rosenkranzgebetes für kurze Zeit still geworden. Dann stimmte einer der Erwachsenen ein Lied an:

„Maria, breit den Mantel aus,

mach Schirm und Schild für uns daraus;

lass uns darunter sicher stehn,

bis alle Stürm vorübergehn.

Patronin voller Güte

uns allezeit behüte."

Marie erhob sich und nahm die beiden Mädchen mit hinaus aus der Stube. Bernhardine blieb zurück am Totenbett ihres Vaters. Sie war die älteste Tochter in der Familie Albert, schon erwachsen und vor kurzem hatte sie mit allen im Hause ihren 22. Geburtstag gefeiert.

Es war spät geworden, aber Mitte Juli ist es noch lange Tag. Seit Mittag hatten sie nichts mehr gegessen und getrunken. Marie schmierte ihnen ein Butterbrot und sie tranken ein Glas Milch dazu.

Konkordia verspürte keinen Hunger. Aber die Mutter sagte:

„Du musst was essen. Morgen ist ein schwerer Tag für uns!"

Das Nachtgebet, das „Vater unser", beteten die beiden Schwestern mit gefalteten Händen, schon in ihren Betten liegend.

Marie ergänzte das Gebet mit ihren eigenen Worten:

„Bitte, lieber Gott, lass ihn in den Himmel kommen, er war ein guter Mann und Vater für uns!"

Als Konkordia erwachte, war es bereits schon wieder hell. Der Hahn vom Nachbarhaus krähte seinen Morgengruß. Ein herrlich schöner

Sommertag wurde begrüßt. Sie begann erneut, heftig zu weinen; denn sie musste sogleich wieder an ihren Vater denken.

Sie schloss ihn in ihr kurzes Morgengebet mit ein. Seit ihrem Weißen Sonntag im vergangenen Jahr hatte sie gelernt, eigenständig und ohne Anleitung ihrer Eltern zu beten. Übermorgen wird ihr elfter Geburtstag sein, aber darauf konnte sie sich jetzt überhaupt nicht freuen. Kann sie jemals wieder fröhlich sein? Sie dachte an Johanna, ihre Schulfreundin, die bereits Mutter und Vater durch den Tod verloren hatte und bei ihren Großeltern aufwuchs, von denen sie aufgenommen worden war. Und Johanna lachte und scherzte oft, sie war ein fröhliches Mädchen. Es stimmt wohl, was die Alten gerne sagen, wenn jemand traurig ist: „Zeit heilt Wunden!", dachte Konkordia. Aber wie viel Zeit man dafür braucht, konnte niemand beantworten.

Sie schlich sich aus der Schlafkammer, um Franziska nicht zu wecken, und öffnete die Stubentüre. Ihre Mutter musste wohl wenig oder gar nicht geschlafen haben, denn Konkordia fand sie zusammen mit ihrer Verwandtschaft aus Hinterstraß wieder im Gebet um den verstorbenen Vater vereint.

Das Dörfchen Hinterstraß hatte sich aus mehreren kleinen Siedlungen gebildet, etwa fünf Kilometer östlich von St. Märgen, dort wo früher eine Glashütte betrieben worden war. Der Weg hinunter in die tiefe Waldschlucht war steil und beschwerlich. Im Volksmund hieß diese Gegend ganz unten das „Hexenloch". Man brauchte über eine Stunde zu Fuß hinunter und in umgekehrter Richtung weit mehr, denn es galt, 250 Höhenmeter entlang am Glasbach zu gehen.

Marie war dort zur Welt gekommen und erst nach ihrer Hochzeit mit Mathias Albert vor über zwanzig Jahren nach St. Märgen gezogen, wo die Familie Albert seit Generationen in ihrem Haus lebte. Als Mädchen hieß sie Marie Schwörer. Von ihrem Vater Lorenz wusste sie, dass alle Männer früher in der Glashütte arbeiteten. Doch nachdem der Sandsteinstock den zur Glasherstellung notwendigen Rohstoff nicht mehr hergab, wurde der Betrieb eingestellt.

Maries Brüder und ihre Frauen, die unten in Hinterstraß lebten, hatten sich sofort auf den Weg hinauf nach St. Märgen gemacht, nachdem sie gestern vom plötzlichen Tod ihres Schwagers erfahren hatten. Deshalb verbrachten sie die Nacht in der Stube. Abwechselnd schliefen sie jeweils nur für kurze Zeit, auf ihren Stühlen im Sitzen oder halb liegend auf der Ofenbank. Die beiden brennenden Kerzen auf den Glasleuchtern waren erneuert worden.

Auch Mathias' drei Jahre jüngerer Bruder Augustin wachte am Morgen schon wieder am Totenbett. Er wohnte in einem Haus außerhalb der Klosteranlage, das erst nach 1806 erbaut wurde, und arbeitete ebenfalls als Schildermaler. Der Tod seines Bruders war bereits sein zweiter Schicksalsschlag in diesem Jahr. Denn erst im Mai war seine Frau Maria Agatha nach einer kurzen schweren Krankheit verstorben. Seine beiden kleinen Töchter, Stefania und Sophia, waren auch noch Kinder.

Konkordia hatte mit ihren beiden Cousinen geweint und getrauert, und nun hatte sie nur wenige Wochen später das gleiche Schicksal ereilt.

Konkordia trat in die Stube. „Gelobt sei Jesus Christus!", waren ihre Worte. Diese Grußformel, so hatte sie es gelernt, spricht man beim Betreten eines heiligen Raumes.

„Heute Nachmittag um 3 Uhr werden wir ihn beerdigen", sagte ihre Mutter nur leise.

*

Ein katholisches Begräbnis war seit dem Mittelalter ein Gottesdienst, der in drei Stationen gegliedert war. Auch in St. Märgen, wo es bis zur Säkularisation 1806 noch das Kloster gegeben hatte, war dies so:

Die drei Stationen Sterbehaus, Kirche und Grab gehören zusammen. Sie drücken räumlich aus, dass Leben, Glauben und Sterben miteinander in einer engen Beziehung stehen. Die Zahl drei symbolisiert auch immer die Dreieinigkeit Gottes: Gott Vater, Gott Sohn und Heiliger Geist.

Um die Mittagszeit brachte der Schreiner Josef Faller mit seinem Gesellen den Sarg in die Stube und er half Augustin und den beiden Schwägern, Mathias' Leichnam umzubetten.

Josef und Mathias kannten sich gut, beide waren etwa gleich alt und beruflich eng miteinander verbunden. Als Schildermaler bezog Mathias von ihm die aus Tannenholz vorgefertigten Uhrenschilder. In Mathias' Werkstatt musste immer ein Vorrat von mindestens fünfzig Stück vorhanden sein, damit er jederzeit in der Lage war, die von den Uhrmachern gewünschten Schilder zu bemalen.

Wer noch einmal den Verstorbenen sehen wollte, hatte jetzt die letzte Gelegenheit vorbeizukommen, um Abschied am offenen Sarg zu nehmen.

Um 3 Uhr nachmittags wurde dann der Sarg geschlossen, und der Pfarrer erschien mit drei Ministranten. Der älteste Ministrant würde das Grabkreuz tragen, das Schreiner Faller zusammen mit dem Sarg gebracht hatte.

Mit schwarzer Schrift stand darauf zu lesen:

Mathias Albert

1811 – 1859

Nach dem Psalmgebet und den Kyrie-Eleison-Rufen des Pfarrers setzte sich der Trauerzug in Bewegung. Augustin, die beiden Schwäger und ein Schulfreund trugen den Sarg, dem Pfarrer und den Ministranten folgend. Hinter dem Sarg ging Marie mit ihren drei Töchtern, alle in Schwarz gekleidet. Es folgten die Verwandten und Freunde und schließlich viele St. Märgener; denn sie alle kannten den Mathias Albert, den sie, wie im alemannischen Sprachraum üblich, liebevoll „d Mathis" genannt hatten.

Viele nannten ihn auch „d Schildermoler Mathis", weil er sich als Uhrenschildmaler hier einen guten Ruf erworben hatte, ebenso wie sein jüngerer Bruder „d Schildermoler August".

Die Wege in St. Märgen sind kurz. Vom Haus der Familie Albert bis zur Klosterkirche mit den beiden Kirchtürmen und dem Friedhof waren es nur wenige Schritte zu Fuß.

Konkordia war diesen Weg schon unzählige Male gegangen, zum Gottesdienst am Sonntagmorgen zusammen mit ihrer Familie oder zur Mai-Andacht, zum Rosenkranzbeten im Marienmonat. Aber nie war der Weg so beschwerlich wie heute.

Während der Prozession zum Grab war es üblich, die Antiphon „In paradisum" zu singen. Dieser mittelalterliche Gesang, der in der deutschen Übersetzung „Zum Paradies mögen Engel dich geleiten" lautet, handelt vom Einzug der Seele des Verstorbenen ins himmlische Jerusalem. Er beschreibt, wie Engel und Märtyrer den Toten dort begrüßen.

Die vier Sargträger trugen den Verstorbenen bis zum Altarraum. Dort wurde der Sarg während des folgenden Requiems in der Mitte, für alle Anwesenden sichtbar, hingestellt.

Das Requiem war ein kurzer Wortgottesdienst.

Konkordia liebte ihre Kirche. Schon als kleines Mädchen bewunderte sie die Schönheit dieses Gotteshauses, die prächtigen Wand- und Deckenbilder, die alle aus dem Leben der Heiligen erzählten.

Die Werktage auf dem hohen Schwarzwald waren meist geprägt von harter Arbeit, von rauen Lebensbedingungen, vor allem im Winter, den man nur überstehen konnte, wenn man die Früchte des Sommers rechtzeitig gesichert hatte. Aber an den Feiertagen zog man sich seine beste Kleidung an, die Mädchen und Frauen kleideten sich in ihrer

Schwarzwälder Tracht, die Männer kamen ebenfalls in Tracht oder im dunklen Sonntagsanzug.

Die Schönheit ihrer barocken Kirche führte den Menschen vor Augen, wie es wohl im Paradies aussehen mag, und ließ die Alltagssorgen für kurze Zeit vergessen.

Konkordia war in Gedanken bei ihrem Vater. Dies alles wird hier ein letztes Mal für ihn zelebriert.

Nach dem Schlussgebet folgte kein „Ite missa est", keine Entlassung durch den Pfarrer, sondern die Weiterführung der Prozession zum Grab auf dem Friedhof neben der Kirche. Hier war Konkordia schon oft mit ihrer Mutter gewesen, am Familiengrab der Alberts. Josef und Franziska Albert, die Namen ihrer Großeltern, standen auf dem Grabstein zu lesen. Josef war der „Klosterschneider und Krämer", so genannt, weil er einen Gemischtwarenhandel betrieb.

Seit 1760 waren bereits drei Generationen der Familie Albert 148 Jahre lang Klosterschneider und Krämer in Sankt Märgen. Sie alle hießen Josef mit Vornamen und hatten hier ihr eigenes Haus und sie hatten es zu hohem Ansehen und erheblichem Reichtum gebracht.

Konkordia hatte ihrer Mutter oft zugeschaut, wie sie das Grab pflegte, wenn sie im Frühjahr, nachdem der Schnee gewichen war, die ersten Blumen in eine Vase gestellt, an trockenen Tagen im Sommer mit der Gießkanne immer wieder Wasser hingetragen, im Herbst, vor Allerheiligen, Erika gepflanzt und vor dem ersten Schnee alles mit Tannenreisig abgedeckt hatte.

Jetzt war der Grabstein entfernt, und von den Totengräbern war eine tiefe Grube ausgehoben worden. Hier würde nun Mathias neben seinen Eltern seine letzte Ruhestätte finden.

Auf dem Friedhof angekommen, segnete der Pfarrer das Grab mit Weihwasser und einem Kreuzzeichen. Danach sprach er:

„Wir übergeben den Leib der Erde. Christus, der von den Toten auferstanden ist, wird auch unseren Bruder Mathias zum Leben erwecken."

Dann folgte für Konkordia und alle anderen Trauernden der schlimmste Augenblick. Der Sarg wurde in die Erde hinabgesenkt. Sie musste noch einmal bitterlich weinen, und auch ihre Mutter und die beiden Schwestern weinten heftig.

Die Männer nahmen ihre Hüte ab, die sie zum Schutz vor der kräftigen Sommersonne bisher noch auf ihren Köpfen getragen hatten, und verneigten sich vor dem Toten.

Daraufhin warf der Pfarrer mit einer kleinen Schaufel etwas Erde auf den Sarg mit den Worten:

„Von der Erde bist du genommen und zur Erde kehrst du zurück. Der Herr aber wird dich auferwecken am Jüngsten Tage."

Dann sprach er die Fürbitten, in denen die Trauergemeinde für das ewige Leben des Verstorbenen, aber auch für den Anwesenden aus ihrer Mitte bittet, der als nächster dem Verstorbenen nachfolgen wird.

Mit dem „Vaterunser" und einem letzten „Gegrüßet seist du, Maria" beendete er die Trauerfeier und ging mit den Ministranten zurück in die Kirche.

Jetzt traten auch Marie und ihre Kinder näher an das Grab und besprengten es mit Weihwasser und warfen, eine nach der anderen, eine rote Rose hinab. Bernhardine hatte die Blumen am Morgen im Garten hinter ihrem Haus abgeschnitten und die Dornen entfernt, damit sie nicht mehr stechen konnten. Dann stellten sie sich seitwärts, um für alle anderen Trauernden den Platz vor dem Grab frei zu geben, und es dauerte lange, bis diese alle ihre letzte Verneigung und den letzten Gruß mit Weihwasser und Blumen entbieten konnten.

Manche verließen anschließend stumm die Grabstätte, aber die meisten unter ihnen drückten Marie die Hand oder umarmten sie, um ihr Mitgefühl auszudrücken.

Als die Familie den Friedhof verließ, war es später Nachmittag geworden. Auf dem Nachhauseweg wurde nur wenig gesprochen. Marie verspürte eine gewisse Erleichterung. Ihr Mathias war ein lieber Mann und ein guter Vater gewesen.

Er wird jetzt bestimmt im Himmel sein!

Mathias Albert (ca. 1840)

Marie Albert geb. Schwörer (ca. 1880)

Die Tage danach kamen und gingen. Das Leben in St. Märgen nahm seinen gewohnten Gang. Der Sommer stand im Zenit. Die Feld- und Waldarbeit musste erledigt werden. Die Heuernte war weitgehend abgeschlossen, sie war hier auf dem hohen Schwarzwald, 900 Meter über dem Meeresspiegel, deutlich später als im Unterland. Beeren wurden gepflückt und eingekocht, und die tägliche Arbeit auf den Bauernhöfen musste getan werden, die Tiere mussten gefüttert, Kühe und Ziegen von der Weide geholt und gemolken werden.

Konkordias elfter Geburtstag war schon lange vorbei. Eine Geburtstagsfeier hatte nicht stattgefunden. Die Mutter meinte, man dürfe sich nicht freuen und feiern, wenn jemand gestorben war, der einem so nahe stand.

Sie ging fortan nur schwarz gekleidet aus dem Hause. Ein Jahr lang würde sie jetzt Trauer tragen. Ein ganzes Jahr lang.

Die Tür zur Werkstatt des Vaters blieb seit seinem Tod geschlossen.

Konkordia hatte diesen Raum seither nicht mehr betreten.

Aber sie vermisste ihren Vater täglich.

Als die Sommerferien vorüber waren und der Schulunterricht für die Kinder in St. Märgen wieder begann, kam auch für Konkordia das gewohnte Leben zurück.

Kinder können sich leichter, als dies bei den Erwachsenen der Fall ist, von ihren Sorgen ablenken. Konkordia ging gerne zur Schule. Sie war eine fleißige Schülerin.

An einem Nachmittag war sie kurze Zeit alleine im Hause. Ihre Mutter war mit Gartenarbeit beschäftig. Plötzlich verspürte das Mädchen den Drang, in Vaters Werkstatt zurück zu gehen.

Die Tür war verschlossen, aber nicht verriegelt. Konkordia öffnete sie leise und trat ein.

In dem Zimmer, das am Ende des Flures im Erdgeschoss lag, sah es noch genauso aus wie an dem Tag, als ihr Vater dort leblos aufgefunden wurde.

Die Erwachsenen hatten nach der Beerdigung oft darüber gesprochen, was wohl die Ursache für seinen plötzlichen Tod gewesen sein mag. Es war vermutlich ein Herzschlag. Marie hatte wieder und wieder geschildert, dass Mathis schon Tage vorher über starke Schmerzen im Arm und in der Brust geklagt hatte. Aber gleichzeitig beschwichtigte er Maries Sorgen mit den Worten:

„Ich hab mir sicher beim Holzspalten eine Zerrung zugezogen. Das geht schon wieder vorüber."

Doch mittlerweile war sie sich ganz sicher, dass er mit seiner Arbeit sehr belastet war. Er hatte von mehreren Uhrmachern in St. Märgen und auch aus den Nachbarorten gleichzeitig Aufträge entgegengenommen und auch Lieferungen nach England zugesagt. Von dort kamen immer wieder Bestellungen in St. Märgen an. Doch ausschließlich die Schilder von Mathias und Augustin Albert waren gewünscht. Mathias war also ein sehr gefragter Schildermaler und er hatte einen hohen Anspruch an sich selbst. Jedes Uhrenschild war bei ihm ein Unikat, und schnelle Massenproduktion, wie sie bei Kollegen mehr und mehr zu beobachten war, hasste er. Und er war sehr gewissenhaft, zu „ernschtlich", wie man im Schwarzwald diesen Charakterzug nannte.

Konkordia schaute sich das Uhrenschild auf der Werkbank genau an. Die vier Ecken waren bereits mit Blumenmotiven gestaltet, jeweils symmetrisch zueinander passend. Die Farben Rosa und Blau dominierten. Der Schildbogen war noch nicht bemalt. Den gestaltete ihr Vater immer erst zum Schluss, weil erst an dieser Stelle der Meister seine Kunst entwickelte. Er nannte das immer „den schönsten Teil" seiner Arbeit.

Sie blickte an die Wand gegenüber der Fensterseite. Dort hatte ihr Vater früher immer seine Gemälde aufgehängt, wunderschöne Bilder von Mühlen und Wasserfällen, von Panoramen mit Blick zum Feldberg und immer wieder Blumenmotiven. Aber es hing nur noch ein einziges Bild dort. Niemand kaufte mehr Landschaftsgemälde. Dafür hatten die Menschen schon lange kein Geld mehr übrig. Er hatte sich in den letzten Jahren ganz auf das Schildermalen festgelegt; denn Schilderuhren waren sehr gefragt. Es war üblich, dass jedes Brautpaar zur Hochzeit eine Wanduhr geschenkt bekam, und die Uhrenträger waren mit ihren Waren in ganz Europa unterwegs und machten gute Geschäfte. Manche gingen damit bis nach Amerika.

Der Schwarzwald war durch diese Uhren weltberühmt geworden.

Das eine Bild, das noch an der Wand verblieben war, hatte ihr Vater vor gut zwei Jahren gemalt. Es war ein Selbstportrait. Das wollte er auch niemals verkaufen. Von diesem Gemälde ging eine ganz besondere Faszination aus. Für Konkordia war es ein „Zauberbild", denn die Augen ihres Vaters verfolgten sie beim Betrachten, auch wenn sie im Zimmer auf und ab ging.

„Wie kann das sein?", wollte sie wissen.

„Das ist eine Kunst, die nur gute Maler beherrschen. Wenn du einmal größer bist, zeige ich dir, wie das geht. Ich habe es nach dem Vorbild der berühmten Mona Lisa gemalt. Neulich habe ich dir von dem großen italienischen Maler Leonardo da Vinci erzählt. Sein Gemälde von der Mona Lisa hängt in Paris in einem Museum."

„Ist es weit nach Paris?"

„Paris ist die Hauptstadt von Frankreich. Zu Fuß bräuchte man ganz viele Tage. Selbst mit der Postkutsche schafft man das nicht an einem einzigen Tag."

„Schade! Aber Ihr Gemälde ist sicher genauso schön wie die Mona Lisa, Vater!"

„Das wirst du mal erben", hatte er ihr zur Antwort gegeben, „weil du meine kleine Prinzessin bist."

Konkordia betrachtete das Ölgemälde eine lange Zeit, und die Tränen flossen aufs Neue.

Die Erinnerung kam zurück.

2

Früher

„Was malt Ihr heute, Vater, darf ich Euch ein wenig zuschauen?"

Mit diesen Worten betrat Konkordia die Werkstatt, nachdem sie angeklopft hatte. Es war früher üblich, dass die Kinder ihre Eltern nicht duzten, sondern in der 2. Person Plural anredeten.

Er nahm sie auf den Arm und hob sie zu sich hoch.

„O du wirst mir allmählich zu schwer", sagte er, „bald werde ich dich nicht mehr tragen können und du musst mich auf den Arm nehmen, mein großes Mädchen!"

Mathias zeigte seiner jüngsten Tochter, welche Arbeit er gerade begonnen hatte. Er erklärte Konkordia, dass es für einen Schildermaler schöne, aber auch weniger schöne Arbeitstage gab.

Ein weniger schöner Tag war heute. Er musste die Uhrenschilder, die er vom Schreiner Faller geliefert bekommen hatte, zur Bemalung vorbereiten. Diese Arbeit machte er nicht gerne, aber sie gehörte eben auch zu seinem Beruf.

Der Schreiner hatte ihm wie immer 50 Tannenholzbretter geliefert, die in den Maßen ca. 40 x 40 Zentimeter ausgesägt waren, wobei an der oberen Seite der für die Schwarzwalduhr typische Rundbogen stehen gelassen worden war. In der Mitte des Rechtecks befand sich bereits die Bohrung für die Zeigerwelle. Jedes Schild war abschließend fein geschliffen worden, damit die Oberfläche und die Kanten geglättet waren.

Jetzt begann ihr Vater, die Schilder in Leimwasser zu tränken und anschließend mit einer Grundierung aus gepulverter Kreide zu überziehen.

Nach dem Trocknen wurden mehrere Schichten von Bleiweiß aufgetragen, das zuvor in Terpentinfirnis gelöst worden war. Anschließend mussten die Scheiben erneut getrocknet und geschliffen werden.

Und erst nach diesen Arbeitsschritten wurden aus den Holztafeln allmählich Uhrenschilder.

Mathias verwendete eine Schablone, die ganz genau auf das Bohrloch in der Mitte ausgerichtet wurde. Damit malte er anschließend mit schwarzer Farbe die Uhrenziffern auf.

Er erklärte seiner Tochter die Bedeutung der römischen Zahlen.

Und erst jetzt begann der wirklich schöne Teil seiner Arbeit: die künstlerische Ausgestaltung.

Die meisten Kunden verlangten nach floralen Mustern.

„Die Menschen lieben die Blumenbilder", erklärte er.

„So kann man sich auch in der langen Winterzeit an bunten Blüten erfreuen."

Doch die Uhrenträger berichteten immer wieder, dass gerade in Frankreich Bilder sehr gefragt sind: Tiermotive, Waldszenen, und oftmals waren die Initialen eines Brautpaares für den Schildbogen gewünscht. Diese mussten besonders kunstvoll gestaltet sein.

Hierin war Mathias Albert unübertroffen!

Konkordia lauschte aufmerksam.

„Ich habe auch schon öfter Bilder aus einem alten Buch abgemalt. Drüben im ehemaligen Kloster steht ein Buch über einen berühmten italienischen Maler. Er hieß Leonardo da Vinci und lebt schon lange nicht mehr. Mein Lieblingsbild heißt ‚Das letzte Abendmahl'.

Jesus sitzt am Abend vor seinem Tode mit seinen Jüngern an einem langen Tisch, und sie essen gemeinsam.

In einem Buch sind aber alle Buchstaben und Zeichnungen schwarz. Man kann die Farben leider nicht drucken. Das ist schade! Aber in diesem Buch sind die Farben des Gemäldes genau beschrieben. Dadurch konnte ich das Bild vom Abendmahl auch einmal auf ein Uhrenschild malen. In den vier Ecken um das Zifferblatt habe ich die vier Evangelisten Matthäus, Markus, Lukas und Johannes dazu gemalt. An diesem Schild musste ich viele Tage arbeiten. Für die Blumenbilder brauche ich nicht so viel Zeit."

Konkordia nickte. Sie war stolz auf ihren Vater.

Nach dem Bemalen wurde Firnis aus in Terpentin gelöstem Schellack aufgebracht und das Schild mit einem leinölgetränkten Tuch poliert. Dadurch entstand der typische Lackschimmer.

Die Uhrmacher holten die fertigen Schilder bei Mathis zu Hause ab und bezahlten den vorher vereinbarten Lohn.

Konkordia hatte auch schon oft diese jungen Männer gesehen, die ein hohes Tragegestell auf dem Rücken trugen. Die Schwarzwälder sagten dazu „Krätze". In der „Krätze" wurden die Uhrwerke, die Schilder und das übrige Zubehör, Zeiger und Gewichte, separat transportiert. Damit zogen die Uhrenträger über Land, hinunter Richtung Freiburg, weiter nach Frankreich. Oder sie fuhren auf dem Rhein mit den Flößern flussabwärts bis nach Holland, um dort auf einem großen Schiff die weite Reise in die Neue Welt anzutreten.

Sie liebte es, wenn ihr Vater diese Geschichten erzählte und sie hörte ihm aufmerksam dabei zu. Sie wollte auch gerne einmal hinunter in die große Stadt Freiburg, wo ihre beiden älteren Brüder, Sigmund und Theodor, hingegangen waren.

Beide hatten nach ihrer Schulzeit St. Märgen verlassen, um in Freiburg bei einem Photographenmeister einen ganz neuartigen Beruf zu erlernen. Viele junge Männer verließen aus wirtschaftlichen Gründen ihre Elternhäuser. Sigmund war nach seiner Lehre in Freiburg sogar noch viel weiter von zu Hause weggezogen. Er lebte jetzt als Photograph in Berlin. Beide Brüder waren seither nicht mehr zurückgekehrt, auch nicht zur Beerdigung ihres Vaters. Bernhardine hatte sie per Brief über den Tod ihres Vaters informiert.

Weil zu Hause immer wieder von Freiburg erzählt wurde, wollte Konkordia unbedingt auch einmal dorthin.

Und sie wollte nach Frankreich hinüber. Von St. Märgen aus konnte man bei gutem Wetter weit im Westen die Vogesenberge sehen, die im Frühjahr oft noch lange Zeit weiß herüberleuchteten.

„Dort", sagte Vater und zeigte mit ausgestrecktem Arm in die Richtung der Berge am Horizont, „dort beginnt Frankreich!"

Aber Konkordia war noch nie weiter von zu Haus weg als hinunter ins Hexenloch gegangen, um die Verwandten zu besuchen. Oder sie begleitete ihre Eltern in die andere Richtung auf einer Wallfahrt nach St. Peter. Den Nachbarort konnte man vom Ortsrand St. Märgens bereits weiter unten sehen. Auch hier stand eine wunderschöne Kirche mit zwei Kirchtürmen, die im Innern noch prächtiger war als ihre geliebte Marienkirche hier.

„Bitte, erzählt weiter, Vater!"

„Weißt du, mein Großvater, der war dein Urgroßvater. Er lebt schon lange nicht mehr. Er hat auch schon Uhren gebaut. Aber die sahen ganz anders aus. Es waren Waagbalkenuhren. Oben gab ein hin und her schwingender Holzbalken den Takt an, und als Gewicht hat man einen schweren Stein an einer Kordel befestigt, der die Holzräder in der Uhr antrieb. Solche Uhren hatten nur einen Zeiger für die Stunden.

Mein Großvater hat alle Teile dieser Uhr selbst angefertigt. Das war viel Arbeit. Heute arbeiten wir moderner.

Wir teilen die Arbeit auf. Ein Uhrmacher fertig die Räder und baut das Uhrwerk, der Schreiner liefert das Gehäuse und die Schilder, ein anderer gießt mit Blei die Gewichte, und ich bemale die Lackschilder, damit die Uhr schön aussieht. Dann schauen die Menschen gerne darauf, um zu sehen, wie spät es ist.

Auch haben die Uhren heute alle zwei Zeiger: Der kleine zeigt die Stunden an und der große die Minuten. Er muss sich einmal im Kreis drehen, dann ist eine Stunde vorbei."

„Geht Ihr mit mir auch einmal nach Amerika?"

„O das wäre eine sehr lange und beschwerliche Reise. Ich glaube nicht, dass ich so lange von zu Hause fortgehen möchte. Die jungen

Männer, die haben noch keine Frau und keine Kinder. So wie deine beiden großen Brüder. Die lieben das Abenteuer. Manche kommen auch gar nicht mehr heim. Sie wandern aus, sagt man, und bleiben für den Rest ihres Lebens dort."

„Wenn ich groß bin, dann werde ich auch einmal nach Amerika gehen", sagte Konkordia selbstbewusst.

3

Später

So verging Jahr für Jahr. In Deutschland wurde Bismarck Reichskanzler, in Italien tobte ein Krieg um die nationale Einigung des Landes. Cavour, der „Bismarck Italiens", bekam Unterstützung von Napoleon dem Dritten und schlug in der Schlacht von Solferino die Österreicher. Der Kirchenstaat wurde in das neue Königsreich Italien einverleibt, und die französisch-preußischen Spannungen führten zu einem Deutsch-Französischen Krieg. Und in St. Märgen bestimmten die Jahreszeiten das Leben der Menschen. Hier auf dem hohen Schwarzwald erfuhr man von vielen Ereignissen des Weltgeschehens nur wenig.

Konkordia war längst aus der Schule entlassen. Aus dem kleinen Mädchen mit den braunen Zöpfen und den hellen Augen war eine hübsche junge Frau geworden. Franziska, die zwei Jahre älter war, hatte einen Uhrmacher geheiratet und wohnte jetzt nicht mehr in St. Märgen.

Nach dem Tod ihres Vaters hatte die Familie Albert keinen Ernährer mehr. In den Sommermonaten lebte man von den eigenen Erzeugnissen des großen Gartens, und im Winter verdienten sich Marie und ihre Töchter immer auch etwas Geld mit Näh- und Stickarbeiten, und die Großfamilie unterstütze sich gegenseitig.

An Sonntagen und bei Festen half Konkordia im „Rößle" oder im „Hirschen" beim Bedienen der Gäste und verdiente sich so etwas Geld dazu, und bei einer solchen Gelegenheit hatte sie einen jungen Mann kennen gelernt. Er war ein paar Jahre älter als sie und er stammte von einem Hof unterhalb der Zweribach-Wasserfälle, wenn man nach Wildgutach und weiter in Richtung Simonswald hinunter ging.

Sein Name war August Schultis.

Er war gleich vom ersten Augenblick von Konkordias Schönheit und Freundlichkeit angetan und machte ihr Komplimente, obwohl er ein von Natur aus eher wortkarger Mensch war, und so kam es, dass er des Öfteren den steilen Weg hinauf, vorbei an der Rankmühle, nach St. Märgen ging, in der Hoffnung, ihr zu begegnen. Er verdiente sein Geld als Waldarbeiter und trotz seiner Jugendlichkeit, er war noch keine dreißig Jahre alt, war seine Statur geprägt von der körperlich sehr anstrengenden Arbeit.

Nach einiger Zeit brachte Konkordia ihn mit nach Hause, damit ihn ihre Mutter kennen lernen konnte.

Marie gefiel es, weil nun ab und zu wieder ein Mann im Hause war, und obgleich August rein gar nicht mit ihrem Mathis zu vergleichen war, hatte sie nichts dagegen einzuwenden, dass er ihrer Tochter den Hof machte.

Und so kam es, wie es oft kommt. Konkordia wurde schwanger.

„Ihr werdet wohl bald heiraten müssen!", war Maries knapper Kommentar, nachdem ihr Konkordia die Sünde gebeichtet hatte.

Die Hochzeit war kein rauschendes Fest, aber Konkordia war glücklich. Sie liebte August, und jetzt war sie endlich „unter der Haube". So nannte man das, wenn ein junges Mädchen seinen „Schäppel", die Kopfbedeckung des unverheirateten Schwarzwälder Fräuleins, mit der schwarzen Haube der Frau eintauschen musste.

Noch bevor das Kind zur Welt kam, baute August die ehemalige Werkstatt im Hause Albert um. Die noch verbliebenen Utensilien, Werkzeuge, unbemalte Schilder u.a. holte Schwager Augustin gerne ab.

„Ich werde alles in Ehren halten und die noch unfertigen Schilder bemale ich so, wie sie mein Bruder bemalt hätte", sagte er zu Konkordia, bevor er ging.

„Danke", erwiderte sie, „er schaut dir aus dem Himmel dabei zu."

Neben der bisherigen Stube hatte nun das junge Ehepaar ein eigenes Wohnzimmer. Als einziges Erinnerungsstück verblieb das Ölgemälde an der Wand, jenes Selbstportrait, von dem Konkordias Vater gesagt hatte:

„Das wirst du mal erben, weil du meine kleine Prinzessin bist!"

*

Die Geburt verlief unkompliziert. Nachdem die Wehen eingesetzt hatten, wurde August aus dem Haus geschickt.

Die Geburt eines Kindes war reine Frauensache. Die Hebamme und andere Frauen, alle geburtserfahrene Mütter, standen der Gebärenden zur Seite. Auch ihre große Schwester Bernhardine half mit. Männer waren bei der Geburt unerwünscht. August verbrachte den Abend mit Freunden und Arbeitskollegen in der „Krone" am Stammtisch. Dort erfuhr er zu später Stunde die freudige Nachricht:

„Es ist ein Junge!"

Als er nach Hause zurückkam, fand er Konkordia, ziemlich erschöpft im Ehebett liegend, vor.

„Ich bin stolz auf dich!", brachte er nur hervor, nachdem er den Kleinen ausführlich gemustert hatte. Mehr sagte er nicht.

„Er soll August heißen", äußerte Konkordia ihren Wunsch, „er soll deinen Namen tragen."

Sie hatten vereinbart, dass im Falle einer Tochter bei der Namensgebung er den Vorrang haben sollte, bei einem Sohn aber wollte Konkordia über den Vornamen des Kindes entscheiden.

Am anderen Morgen erschien der Pfarrer, und der kleine August wurde getauft. Er sollte keine Stunde länger als Heidenkind leben müssen. Ungetaufte Kinder waren noch mit der Erbsünde behaftet. Im Falle ihres Todes wären sie deshalb nicht in den Himmel gekommen!

Nach der Taufe beteten alle auf Konkordias Wunsch den „freudenreichen Rosenkranz". Und ihre Augen strahlten bei dem „Gsätzle"

„... den du o Jungfrau geboren hast."

Und der kleine August schlief in ihrem Arm.

Marie hatte nun als Großmutter neue Aufgaben bekommen. Sie war jetzt knapp sechzig Jahre alt, und ihr ansonsten monotones Leben hatte noch einmal einen neuen Sinn erhalten.

Sie unterstütze Konkordia, wo sie nur konnte. August konnte jeden Morgen unbeschwert zur Arbeit hinaus in den Wald gehen, denn er wusste, dass seine Frau und der kleine Junge gut versorgt waren. Auch Tante Bernhardine war eine große Unterstützung.

So verging Augusts Kindheit. Er wurde eingeschult und im Alter von neun Jahren erlebte er das nach der Taufe wichtigste Ereignis im jungen Leben eines katholischen Menschen:

Die Erste Heilige Kommunion, den Weißen Sonntag.

August freute sich sehr auf seinen Ehrentag, aber Konkordia hatte mit gemischten Gefühlen zu kämpfen. Für sie war ihr Weißer Sonntag damals das letzte frohe Fest gewesen, und sie hatte eine Vorahnung, ob es für August nicht auch eine ähnliche schicksalhafte Wendung nehmen könnte.

Während des Gottesdienstes weinte sie, doch bemühte sie sich, ihre Tränen nicht zu zeigen.

Das Schlusslied sang sie mit verhaltener Stimme mit:

„Fest soll mein Taufbund immer stehn,

ich will die Kirche hören!

Sie soll mich allzeit gläubig sehn

und folgsam ihren Lehren!

Dank sei dem Herrn, der mich aus Gnad

in seine Kirch berufen hat,

nie will ich von ihr weichen!"

*

38

Und wieder war ein langer Winter vorüber gegangen. Er war dieses Jahr besonders schneereich gewesen. Schwere Stürme hatten vor allem im Februar in den Wäldern große Schäden verursacht. Viele Bäume waren entwurzelt oder sie lagen einfach so, abgeknickt wie Streichhölzer, kreuz und quer zwischen solchen, die der Naturgewalt erfolgreich trotzen konnten. Viel Arbeit wartete auf August und die anderen Männer. Wenn totes Holz zu lange im Wald liegen bleibt, ergreift der Borkenkäfer Besitz von diesem Holz, und die noch gesunden Bäume drohen ebenfalls befallen zu werden.

Inzwischen waren bereits die letzten Märztage gekommen. Die Waldarbeiter konnten endlich wieder mit ihrer Arbeit beginnen.

Die Sonne schien an jenem Morgen, als August seiner Konkordia und dem kleinen August noch einen guten Tag wünschte, als er das Haus verließ. Aber ein „Guten Abend!" gab es nicht mehr.

Um die Mittagszeit brachten sie ihn. Er sei sofort tot gewesen, erzählten sie aufgeregt und wie wild durcheinander redend.

August war dabei, einen alten umgestürzten Baum zu entasten und befand sich direkt unter dem dicken Fichtenstamm, als dieser sich plötzlich unter der großen Spannung löste und August mit seiner tonnenschweren Last erdrückte. Mit großer Mühe gelang es den anderen Männern schließlich, den Stamm etwas anzuheben und ihn herauszuziehen. Doch zu spät.

Konkordia fiel in Ohnmacht vor der Leiche ihres Mannes, und es dauerte einige Minuten, ehe sie ihr Bewusstsein wieder erlangte und allmählich die Tragik des Ereignisses begriff.

August wurde in der Stube aufgebahrt, und Bernhardine holte die beiden Glasleuchter aus dem Schrank hervor, bestückte sie mit weißen Kerzen und stellte sie rechts und links neben der Bahre auf.

Marie umarmte Konkordia still und nach längerem Schweigen sagte sie:

„Lass uns zur Mutter Gottes beten! Maria wird uns zur Seite stehen, Maria hilft!"

*

August war verstummt. Der Tod seines Vaters hatte ihm im wahrsten Sinne des Wortes „die Sprache verschlagen". Er weinte auch nicht, nicht einmal, als der Sarg in das Grab hinabgesenkt wurde. Weinen hilft, wenn man trauert. Wer nicht weinen kann, für den ist alles noch viel, viel schlimmer, das wusste Konkordia. Deshalb galt ihre große Sorge jetzt ihrem August, für ihn da zu sein. Ihre eigene Trauer wurde durch diese Aufgabe in den Hintergrund gedrängt. Sie sprach viel mit ihm, versuchte immer wieder, ihm mit aufmunternden Worten zu helfen.

„Du musst weiter zur Schule gehen und lernen!", ermutigte sie ihn. „Dann kannst du einen guten Beruf ergreifen und wirst nie im Wald arbeiten müssen."

August antwortete nicht, sondern nickte nur stumm.

4

Später

Als das Trauerjahr zu Ende ging, ließ Konkordia zum ersten Mal einen Gedanken zu, der schon kurz nach Augusts Beerdigung immer wieder in ihr aufkam, den sie sich aber aus moralischen Gründen sogleich verbot weiter zu spinnen. Dabei war der Gedanke, dass ihr Sohn August unbedingt wieder einen Vater brauche, mehr als vernünftig. Wer außer ihr konnte ermessen, was es bedeutet, ohne Vater aufwachsen zu müssen? Als ein kleines Mädchen, so wie sie es damals war, mit seiner Mutter alleine zu sein, war schwer genug. Aber ein Junge, der brauchte doch seinen Vater! Außerdem war sie erst 32 Jahre alt, jung genug, um nochmals einen Mann und Vater zu finden. Ihre Mutter Marie war weitaus älter gewesen, als sie ihren Mathias verlor und sie hatte sich auch niemals dazu geäußert, wie schön es wäre, nochmals verheiratet zu sein. Sie fügte sich in ihr Schicksal, Gott ergeben, und nachdem August geboren war, konnte sie eine gute Großmutter sein.

Und so schloss Konkordia ihren Wunschgedanken mehr und mehr in ihre täglichen Gebete zur Mutter Gottes mit ein:

„Heilige Maria, bitte steh mir bei und lass mich bald wieder einen lieben Mann kennen lernen. Amen."

*

In St. Märgen feierte man außer Weihnachten und Ostern noch zwei ganz wichtige Tage im Kirchenjahr: Fronleichnam und das Patrozinium.

Am 60. Tag nach Ostern wird das Fronleichnamsfest gefeiert, das „Fest des heiligsten Leibes und Blutes Christi".

Als Brot des Lebens, als gewandelte Hostie steht Christus selbst im Mittelpunkt der prächtigen Prozession nach Ende des Gottesdienstes. Dafür steht auch der ungewöhnliche Name „Fronleichnam"; denn im Althochdeutschen steht „fron" für „Herr" und „lichnam" für „Leib". Eine wichtige Rolle spielt dabei die Hostie: auf den ersten Blick nur eine kleine unscheinbare Oblate, doch für gläubige Katholiken wird sie durch die Wandlung im Gottesdienst zum „Leib Christi".

Das geht zurück auf das letzte Abendmahl, als Jesus den Aposteln Brot austeilte mit den Worten: „Das ist mein Leib". Dieses Geheimnis des „heiligen Brotes" steht auch im Mittelpunkt der feierlichen Fronleichnamsprozession, bei der die Hostie in einer Monstranz durch die Straßen getragen wird.

Das in St. Märgen weitaus wichtigere Fest neben Fronleichnam fand jedoch am 15. August eines jeden Jahres statt, an Mariä Himmelfahrt.

Patrozinium bedeutet, Fest zu Ehren des Schutzheiligen, dem die Kirche geweiht worden war, und die Menschen in St. Märgen waren stolz, dass bei der Klostergründung vor vielen hundert Jahren die Mutter Gottes als Patronin ausgewählt worden war.

Offensichtlich hatte Maria Konkordias Bitten erhört.

Das Patrozinium in St. Märgen zog alljährlich auch Menschen aus den umliegenden Orten an; denn im Anschluss an die Prozession wurde im geselligen Kreise weiter gefeiert. Es war Hochsommer. Meist war das

Wetter schön, und in den Biergärten der „Krone" und im „Hirschen" herrschte reger Betrieb.

Konkordia half im „Hirschen" als Bedienung einmal mehr im Service aus. Sie trug die Bierkrüge hinaus zu den Gästen. Sie bediente auch drei junge Männer, die an einem Tisch unter der Linde Platz genommen hatten. Sie schätzte alle als etwa gleichaltrig ein, doch sie kannte keinen von ihnen.

Einer fragte unvermittelt:

„Verrätst du uns deinen Namen, hübsches Fräulein?"

„Konkordia. Und du?"

„Ich bin der Franz", gab er zur Antwort.

„Von woher kommt ihr? Ich habe euch hier noch nie gesehen?"

„Wir sind Uhrmachergesellen aus Neustadt, und der weite Weg hier hinauf hat sich, wie ich meine, schon jetzt für mich gelohnt."

Konkordia erwiderte sein Kompliment mit einem hübschen Lächeln. Und dabei wäre es auch geblieben.

Doch am nächsten Sonntag saß Franz wieder da. Dieses Mal war er alleine gekommen. Er fragte den Hirschenwirt nach der netten Bedienung, die am Feiertag hier gearbeitet hätte.

„Meinst du die Konkordia?"

„Ja, Konkordia!"

„Die hilft hier nur ab und zu, wenn viel los ist, aber heute wird sie nicht kommen."

„Schade!", antwortete Franz.

Es gelang ihm jedoch durch weiteres Fragen zu erfahren, wo Konkordia zu Hause war.

Sein Herz pochte, als er vor der Türe stand, und er nahm allen Mut zusammen und läutete an der Hausglocke.

Marie öffnete die Haustür.

„Guten Tag! Bitte entschuldigt, gute Frau. Wohnt hier Konkordia?"

„Ja, das ist meine Tochter."

Sie hatte drinnen die Stimme des Mannes an der Haustür wieder erkannt und trat freudig hinzu.

„Ich musste dich einfach wiedersehen!", sagte Franz.

Sie errötete.

Franz' Werben wurde belohnt. Konkordia empfand große Sympathie für ihn, umso mehr, als sie ihn über ihre Situation aufgeklärt hatte. Er erfuhr, dass sie bereits verwitwet sei und ein Kind habe. Franz kam dennoch wieder.

Er lernte bald August kennen. Er merkte, dass dieser noch immer seinen Vater sehr vermisste, und es wohl noch lange Zeit brauchen werde, um die Gunst dieses Jungen zu gewinnen.

Franz war in Neustadt geboren. Konkordia musste lachen, als sie erfuhr, dass sie fast auf den Tag genau gleich alt waren. Franz' Geburtstag war der 15. Juli, ihr Geburtstag war nur einen Tag später im selben Jahr 1848.

Seine Eltern, Johann und Magdalena Woller, lebten beide noch im Haus, in dem zuvor bereits ihre Eltern gelebt hatten. Es war ganz in ihrem Sinn, dass ihr Franz endlich eine Frau fürs Leben gefunden hatte und dass nach der Heirat die junge Familie bei ihnen einzog.

Knapp drei Jahre nach dem Tod ihres ersten Mannes feierte sie mit Franz Hochzeit in St. Märgen, in „ihrer" Muttergotteskirche.

Konkordia war an diesem Tag traurig und glücklich zugleich. Sie musste ihr geliebtes Dorf St. Märgen verlassen, ihre wunderschöne Kirche eintauschen gegen eine vergleichsweise nüchterne Stadtkirche in Neustadt. Aber eine Frau gab mit der Eheschließung nicht nur ihren bisherigen Namen auf, sie hatte dem Mann auch dahin zu folgen, wo dieser seinen Lebensmittelpunkt bestimmt hatte. Auf amtlichen Urkunden lautete ihr Name nunmehr: Konkordia Woller geb. Albert verw. Schultis.

Glück empfand sie, weil sie sich verstanden und geborgen fühlte an der Seite ihres neuen Ehemannes, der als Uhrmacher einen guten Beruf ausübte. Er würde ihrem Sohn August, der jetzt bald schon die Schule verlassen würde, ein guter Stiefvater sein.

Mit einem Ochsenwagen wurde der Umzug von St. Märgen nach Neustadt organisiert. Konkordia nahm alles mit, was ihr wichtig war: Möbel - ihr keines rundes Nähtischen war unverzichtbar - Kleidung, Wäsche und vieles mehr. Auch die beiden gläsernen Leuchter aus ihrem Elternhaus in Hinterstraß, die einmal in der Glashütte gefertigt worden waren, wurden sorgfältig eingepackt, ebenso das Gemälde ihres Vaters, das in der Neustädter Wohnung einen neuen Ehrenplatz in der Wohnstube erhielt.

Marie blieb zurück in St. Märgen und wohnte nur noch wenige Jahre bis zu ihrem Tod zusammen mit Bernhardine im Haus. Sie starb in ihrem 77. Lebensjahr.

Zwei Jahre zuvor hatte sie in ihrem Testament verfügt, dass Bernhardine und Konkordia ihre Haupterben sein sollten. Sie verkauften das Elternhaus in St. Märgen. Bernhardine, die noch immer unverheiratet war und auch ihr Leben lang ledig bleiben würde, wurde von Konkordia und Franz nach Neustadt in die Familie aufgenommen.

St. Märgen um das Jahr 1900

5

Neustadt

Das Leben in Neustadt war ganz anders. St. Märgen war ein kleines Dorf, Neustadt dagegen Ende des 19. Jahrhunderts bereits eine Kleinstadt, lag an der verkehrswichtigen Straße von Freiburg über das Höllental hinauf in den hohen Schwarzwald und weiter über die Hochfläche der Baar in Richtung Bodensee bis zur Hauptstadt Wien.

Bis 1806, bevor man Großherzoglich-Badisch wurde, befand man sich hier im Schwarzwald in Vorderösterreich, der westlichsten Bastion der Habsburger. Diese nutzten den Verkehrsweg in Richtung Frankreich. Der historisch eindrucksvollste Beleg dafür war die Reise von Maria Antonia 1770 von Wien nach Paris. Franz' Großvater hatte in Erinnerung, wie er als Kind diesen ganz besonderen Tag erlebt hatte.

Als vierzehnjährige Tochter von Kaiserin Maria Theresia sollte Maria Antonia mit dem künftigen Ludwig XVI. verheiratet werden. Sie war das vorletzte ihrer 16 Kinder. Der imponierende Brautzug der künftigen Marie Antoinette fuhr die Donau entlang und gelangte über München und Augsburg auch nach Freiburg, der Hauptstadt Vorderösterreichs.

Die Reiseroute mit ihren 17 Tagesstrecken und 16 Nachtstationen war akribisch ausgearbeitet worden. Die Brautreise dauerte von Wien nach Paris ganze 24 Tage und war für die Bewohner der Ortschaften, durch die der Zug ging, eine wahre Sensation. In den Städten und Dörfern, durch die Erzherzogin Maria Antonia mit ihrem Gefolge fuhr, herrschte helle Aufregung.

In der Frühe des 4. Mai setzte sich das Geleit von Donaueschingen in Richtung Freiburg in Bewegung. Es bestand aus der von sechs

Lipizzanerschimmeln gezogenen weiß-goldenen Karosse mit der Thronfolgerin von Frankreich und weiteren 21 Sechsspännern der Hohen Herrschaften. Ihnen folgte in 57 Kaleschen, das waren leichte Kutschen mit Faltverdecken, und Wagen mit 450 Reit- und Zugpferden das Gefolge mit 250 Personen.

Die Ortsvögte hatten Anweisung erhalten, ihre Bewohner nicht scharenweise nach Donaueschingen gehen zu lassen. Sie sollten sich in oder bei ihren Dörfern beiderseits der Straße in einheitlicher Tracht aufstellen: die Burschen in rotem Wams, die Männer in grauen Röcken und die Mädchen mit Schäppeln oder Brautkränzen.

Und die Herrschaften zogen an diesem Tage auch durch Neustadt. Doch dies war lange her. Weit über hundert Jahre. Franz kannte diese Erzählung von seinem Vater Johann, weil dessen Vater ihm dies alles voller Begeisterung immer wieder einmal geschildert hatte.

Jetzt träumten manche Menschen davon, dass es bald eine Eisenbahnverbindung von Neustadt nach Freiburg geben wird. Freiburg hatte bereits seit 1845 einen Bahnhof und war damit an die Badische Hauptbahn entlang des Rheines angeschlossen.

Franz' Vater Johann aber war immer fest davon überzeugt, dass es niemals eine Eisenbahnverbindung über den Schwarzwald geben würde.

„Entlang des Rheines kann man gut Eisenbahnschienen verlegen", hatte er argumentiert, „da muss man keine großen Steigungen überwinden. Aber wie soll so ein schweres Dampfross den steilen Weg in den hohen Schwarzwald schaffen, durch enge Kurven, vorbei an felsigen Abhängen?"

Das konnte der kleine Franz damals gut nachvollziehen.

Doch sein Vater hatte die technische Entwicklung falsch eingeschätzt.

Im selben Jahr 1887, als Marie in St. Märgen gestorben war, wurde am 21. Mai die Bahnverbindung von Freiburg nach Neustadt feierlich eröffnet.

Damit war erstmals eine Kleinstadt im hohen Schwarzwald direkt mit der Hauptverkehrsader, die durch das Großherzogtum Baden führte, verbunden. Über Freiburg konnte man bequem bis an die Grenze im Norden über Karlsruhe nach Mannheim reisen, oder man konnte ab Freiburg in südlicher Richtung die Schweizer Grenze und Basel erreichen.

Der Weiterbau der Bahnlinie von Neustadt in Richtung Osten bis nach Donaueschingen sollte bald folgen.

Die mittlerweile fortgeschrittene Industrialisierung erforderte Verkehrsanbindungen.

Mechanisierung, Arbeitsteilung und Massenfertigung waren die wesentlichen Kriterien der Industrie.

Ab der Mitte des 19. Jahrhunderts entwickelten sich aus der „Hausuhrmacherei" mittelständische Unternehmen.

Franz Wollers Vater Johann war noch ein Uhrmacher der alten Generation gewesen, ein „Haus- bzw. Hoffabrikant", so wie

Konkordias Vater Mathias eine „Hausfabrikation" als Schildermaler betrieben hatte. Doch die Zeiten hatten sich geändert.

Auch die Uhren hatten sich verändert. Die reinen Schilderuhren kamen immer mehr aus der Mode. Spieluhren waren bei den Kunden gefragt, Uhren, die mehr konnten, als lediglich die Zeit anzuzeigen und zusätzlich durch Schläge auf Glas- oder Metallglocken, die sich hinter dem Schildbogen versteckten, die Zahl der Stunden akustisch zu bestätigen.

Bei den Spieluhren war genau an der Stelle, wo Konkordias Vater seine Malkunst entfalten konnte, ein Türchen. Zu jeder vollen Stunde öffnete es sich nach dem Glockenschlag, und die Uhr begann zu leben: Ein kleines Vögelchen erschien, oder kleine Püppchen tanzten im Kreis. Der Erfinderreichtum der Schwarzwälder Uhrenmacher in Sachen Figurenuhren schien grenzenlos.

Mathias Albert hatte schon als junger Mann solche Uhren gesehen und er mochte sie nicht. Gott sei Dank konnten sich die meisten Menschen diese weitaus teureren Wanduhren nicht leisten. Sie waren doppelt so teuer, weil sie ein weiteres separates Räderwerk benötigten für den Antrieb der Figuren. Schon hundert Jahre früher hatten pfiffige Uhrmacher die Idee, dass das Vögelchen ein Kuckuck sein musste, denn der Kuckucksruf ließ sich am einfachsten mechanisch imitieren. Im Uhrenkasten wurden zwei kleine Flöten eingebaut, jede Flöte hatte ihren eigen kleinen Blasebalg. Dieser wurde durch einen Mechanismus zusammengedrückt und er enthielt gerade so viel Luft, dass es für die

Erzeugung eines kurzen Tones ausreichte. Die zweite Flöte erklang eine Terz tiefer als die erste, und fertig war der Vogelruf: Ku-ckuck!

Der Ausbau des Eisenbahnnetzes wirkte sich bald auf die Form des Uhrengehäuses aus. Das badische Bahnwärterhäusle wurde dafür zum Vorbild.

Um 1860 entfernte sich die Bahnhäusleuhr deutlich von der ursprünglich eher strengen grafischen Form. Bald gab es reich verzierte Kuckucksuhren mit geschnitzten Beinzeigern sowie Gewichten in Form von Tannenzapfen. Im Ausland galt die Kuckucksuhr nicht nur als Symbol für den Schwarzwald, sondern für ganz Deutschland.

*

Franz arbeitete nach seiner Lehre als Uhrmachergeselle in einem kleinen Betrieb in Neustadt. Hier wurden ausschließlich Wanduhren in den verschiedensten Formen gefertigt.

Sein monatlicher Lohn hatte bisher gut ausgereicht. Er konnte damit auch seine Eltern im fortgeschrittenen Alter unterstützten. Aber durch die Heirat mit Konkordia war er Familienvorstand geworden, hatte für Frau und Stiefsohn zu sorgen.

Einige seiner Uhrmacherkollegen hatten bereits Neustadt verlassen.

Denn seit etwa 1850 war in Furtwangen ein Zentrum der Uhrenindustrie entstanden. Die nahen verwandtschaftlichen Beziehungen zweier Kleinfirmen führten zur Vereinigung beider Betriebe mit dem neuen Firmennamen „Furtwanger Uhrenfabrik". Dazu gesellte sich noch kurze Zeit später ein Gütenbacher Uhrmacher.

So entstand die Großfirma „Badische Uhrenfabrik", Aktiengesellschaft, Furtwangen. Der Übergang zur industriellen Uhrenherstellung war vollzogen.

Furtwangen hatte seit 1873 das Stadtrecht erhalten, und es gab eine Großherzoglich-Badische Uhrmacherschule, deren Direktor Robert Gerwig hieß. In der Mitte des 19. Jahrhunderts spürte man erste Anzeichen für einen Strukturwandel, dem ab 1880 ein rascher Übergang zur industriellen Uhrenherstellung folgte.

Franz hatte einen kühnen Plan.

6

Später

Konkordia war noch einmal schwanger geworden. Fünfzehn Jahre nachdem August zur Welt kam, wurde sie jetzt ein zweites Mal Mutter. Und dieses Mal war es ein Mädchen. Karolina, auf diesen Namen hatten sich Konkordia und Franz geeinigt. Beide waren bereits 37 Jahre alt und damit relativ alte Eltern, doch sehr glückliche Eltern. Franz hatte sich allerdings einen Stammhalter gewünscht, damit der Name Woller weitergegeben würde. Der Anblick des neugeborenen Mädchens rührte ihn dennoch zu Tränen, was Konkordia beglückte. Sie erinnerte sich an die eher hartherzige Reaktion ihres ersten Mannes damals nach Augusts Geburt.

Konkordia konnte jetzt auch eher verkraften, dass August die Familie verlassen hatte. Er war die letzten Schuljahre noch in Neustadt zur Schule gegangen und nach deren Beendigung wie die meisten jungen Männer fortgezogen, um den Eltern nicht länger zur Last zu fallen. Die Unmenschlichkeit beim Militärdienst schreckte viele ab, so dass sie vor Erreichung des Dienstalters sogar ins Ausland auswanderten. Doch August wollte in Baden bleiben. Ihn zog es nach Karlsruhe, in die Hauptstadt des Großherzogtums. Dort wollte er auch seinen Militärdienst ableisten. Er heiratete nach dieser Zeit und gründete eine Familie und blieb bis zu seinem Lebensende in Karlsruhe. Anna und Hilda hießen seine beiden Töchter, und er sorgte für einen Waisenjungen, Otto Bleder, der in seine Familie aufgenommen wurde.

Die kleine Karolina wurde liebevoll „Kàrline" gerufen. Alemannisch gesprochen, liegt die Wortbetonung auf der ersten Silbe und nicht auf dem „I". Karline wusste von der Existenz des Stiefbruders August lange nichts. Für sie war eine der frühsten Kindheitserinnerungen die Geburt ihrer Schwester Josefine. Damals war sie gerade drei Jahre alt gewesen. Josefine erblickte im so genannten „Dreikaiserjahr" 1888 das Licht der Welt.

Konkordia hatte nun die Vierzig erreicht, eine biologische Grenze für weiteren Familienzuwachs. Doch der Liebe Gott sollte ihr und den von Franz so sehr ersehnten Stammhalter noch schenken. 1890 kam Franz Xaver auf die Welt. Für beide war klar, dass der Junge den Namen seines Vaters tragen sollte. Mit dem zweiten Vornamen als Zusatz könnte man später Verwechslungen vermeiden.

Die Erziehung der Kinder Karline, Josefine und Franz lag ganz in den Händen ihrer Mutter und von Tante Bernhardine, denn Franz hatte seinen kühnen Plan in die Tat umgesetzt.

Er arbeitete nicht mehr in Neustadt, sondern hatte als Uhrmacher in der neuen Furtwanger Fabrik, der Badischen Uhrenfabrik, Arbeit gefunden. Er verdiente viel mehr als bisher, weil die Industrie ihren Facharbeitern gute Löhne bezahlte. Eine Uhrenfabrik dieser Größe gab es in Neustadt nicht, also musste er nach Furtwangen wechseln.

Doch sein Einsatz dafür war enorm.

Täglich ging er zu Fuß den weiten Weg von Neustadt über Langenordnach hinauf zur Wasserscheide, den Höhenweg zwischen Donau und Rhein. Über die „Kalte Herberge" verlief der Weg weiter, danach bog er rechts ab hinunter ins Mäderstal, entlang der „Hinteren Breg" erreichte er schließlich nach über drei Stunden strammen Fußmarschs die Uhrenstadt Furtwangen.

Der Absatz der Uhren erstreckte sich bereits vor dem Jahr 1900 weltweit. Die Badische Uhrenfabrik hatte eigene Filialen in London, Mailand, Zürich, Bombay und Hongkong. Wenige Jahre später beschäftigte die „Baduf", so lautete die Kurzform des Firmennamens, 750 Mitarbeiter und gehörte zu den großen Uhrenfabriken des Schwarzwaldes. Das Produktionsprogramm umfasste Weckeruhren, Kuckucksuhren, Regulatoren, Büro- und Küchenuhren.

Franz arbeitete gerne in der „Baduf" und er war ein angesehener Uhrmacher. Im Sommer, wenn der Tag lang war, machte ihm der lange Arbeitsweg hin und zurück nichts aus. Er war schlank und gut zu Fuß, und der größte Teil der Wegstrecke verlief auf der beinahe ebenen Wasserscheide, die sich in etwa 1000 Metern über dem Meeresspiegel durch den Wald hinzog.

Im Winter aber war der Weg beschwerlich. War Neuschnee gefallen, schnallte sich Franz Fassdauben unter die Schuhe. Diese leicht gewölbten Bretter verhinderten das tiefe Einsinken in den Schnee. Dennoch war es unmöglich, den Fußmarsch täglich zu bewältigen.

Franz hatte in Furtwangen nicht nur neue Arbeitskollegen gefunden, sondern auch neue Freunde. Lorenz war ein solcher guter Freund. Er war noch ledig und lebte mit seiner Mutter zusammen. Sein Vater war gestorben, als Lorenz gerade erst die Schule beendet hatte.

„Ich habe mit meiner Mutter gesprochen, du kannst den Winter über jederzeit bei uns im Haus übernachten. Wir haben eine freie

Schlafkammer", sagte Lorenz eines Tages, als wieder sehr viel Schnee gefallen war.

„Nein", erwiderte Franz, „das kann ich nicht annehmen."

Aber seiner Antwort war im Unterton anzumerken, dass ihm Lorenz' Angebot mehr als willkommen erschien.

Er besprach diese Möglichkeit mit Konkordia und bekräftigte zugleich seinen Wunsch, den er schon vor längerer Zeit ihr gegenüber geäußert hatte, bald mit der ganzen Familie nach Furtwangen umzuziehen. Sein Vater Johann Woller hatte bereits die Achtzig überschritten. Nach dem Tod seiner Frau kümmerte sich Bernhardine verstärkt um ihn.

„Solange dein Vater noch lebt, wird das nicht möglich sein. Einen alten Baum kann man nicht mehr verpflanzen!", meinte Konkordia.

Franz nahm daher Lorenz' Einladung an, unter der Voraussetzung, dass er und seine Mutter es zuließen und Franz sich für Kost und Logis finanziell, wenngleich nur in bescheidenem Rahmen, beteiligen durfte.

*

Die Zeit, mit der Familie zusammen zu sein, war für Franz äußerst kurz. Erst spätabends oder nur am Wochenende nach Neustadt zu kommen, in aller Herrgottsfrüh sich wieder auf den Weg zur Arbeit zu machen, führte dazu, dass Franz nur wenig davon mitbekam, wie Karline, Josefine und der kleine Franz größer und älter wurden.

Konkordia war für deren Erziehung mehr oder weniger alleine verantwortlich. Tante Bernhardine unterstütze sie. Und sie erzogen die drei, wie sie selbst von ihrer Mutter erzogen worden waren: streng katholisch.

Konkordias größter Wunsch wäre es gewesen, wenn eine ihrer Töchter später einmal ins Kloster gegangen wäre. Sie selbst hatte als junges Mädchen diesen Wunsch gehabt, ihr ganzes Leben Gott zu widmen. Vor allem Karline war ihr charakterlich am ähnlichsten.

Alle beteten oft gemeinsam, nicht nur morgens und abends oder vor den Mahlzeiten, sondern auch, wann immer zwischendurch Zeit dafür blieb. Die beiden Mädchen Karline und Josefine kannten den Rosenkranz und alle gängigen Kirchenlieder, vor allem die vielen Marienlieder, die Konkordia so sehr liebte.

An den Marienfeiertagen legte sie großen Wert darauf, dass sie sich alle gemeinsam zur Wallfahrt nach St. Märgen aufmachten. Dann zogen sie zusammen mit vielen anderen gläubigen Menschen aus Neustadt über das Jostal hinauf zum Höhenweg und weiter über den Hohlen Graben in ihr ehemaliges Heimatdorf, um dort den Gottesdienst zu feiern. So trafen Konkordia und Bernhardine auch immer einmal wieder ihre Verwandten. Die Erinnerungen an früher wurden aufgefrischt, und der Rückweg fiel leicht, weil es bald wieder bergab ging. Das gemeinsame Singen der Wanderlieder beflügelte ihren Schritt. Und zu Hause angekommen, erklang als Abschiedslied Konkordias Lieblingslied:

Maria zu lieben, ist allzeit mein Sinn.

In Freuden und Leiden ihr Diener ich bin.

Du bist ja die Mutter, Dein Kind will ich sein

im Leben und Sterben Dir einzig allein.

7

Später

Urlaub gab es für die Arbeiter der „Baduf" nicht. Es wurde Tag für Tag, Woche für Woche gearbeitet. Freie Tage waren nur die Sonn- und Feiertage und manchmal schon der Samstagnachmittag.

Deshalb musste Franz bereits am ersten Tag nach Neujahr 1894 wieder in Furtwangen sein. Der Schnee, der Anfang Dezember gefallen war und dem Schwarzwald sein Winterkleid angezogen hatte, war über Weihnachten wegen der milden Temperaturen wieder getaut. Nur drüben auf dem Feldberg war er noch liegen geblieben. Deshalb beschloss Franz, nach Feierabend den weiten Heimweg anzutreten und nicht in Furtwangen zu übernachten.

„Bleib lieber heute Nacht hier", mahnte Lorenz, „der Vorwind verheißt nichts Gutes. Es wird sicher bald Schnee geben!"

„Vorwind", so nannten die „Wälder" den eisigen Nordostwind, der immer Vorbote vor dem Schneefall war. Immer ein untrügliches Zeichen.

„Bis dahin bin ich zu Hause. Ich habe noch etwas Dringendes zu erledigen", gab ihm Franz zur Antwort.

„Dann schau, dass du fortkommst, es wird ja schon dunkel!"

„Den Weg kenne ich blind, so oft, wie ich den schon gegangen bin! Außerdem habe ich ja immer mein Licht dabei."

Franz' ständiger Wegbegleiter war eine Laterne, aus Blech quaderförmig gefertigt. Die vier Seiten waren verglast. Eine Seite hatte ein Scharnier. Dadurch konnte man sie öffnen. Am Boden befand sich eine Halterung für die Kerze. Der Tragebügel war weit nach oben gebogen, dass die Hand stets genügend Abstand vom Deckel der

Laterne hatte, in dessen Mitte ein Loch für die Sauerstoffzufuhr offen gelassen wurde.

Er verabschiedete sich von Lorenz und machte sich rasch auf den Weg.

Seine Entscheidung, an diesem Abend nach Neustadt zurückzugehen, war der größte Fehler seines Lebens. Sie brachte für ihn und die ganze Familie Woller eine tragische Wende.

*

Fabriken benötigten Wasserkraft zum Antrieb der Maschinen. Was früher die Mühlen geleistet hatten, das übernahmen nach der Industrialisierung die Turbinen.

Die Breg, der Hauptquellfluss der Donau, lieferte allen Furtwanger Betrieben die benötigte Energie. In Furtwangen vereinigen sich die Vorderbreg und die Hinterbreg. Die deutlich längere Vorderbreg kommt aus dem Katzensteigtal, hoch oben bei der Martinskapelle. Sie ist der eigentliche Donauursprung, denn die kürzere Hinterbreg ist bereits in Bezug dazu ein kleiner Nebenfluss. Vereint fließen sie als Breg in Richtung Donaueschingen. Erst einige Kilometer hinter Donaueschingen treffen Breg und Brigach, die von Villingen herführt, zusammen, und ab hier heißt der Fluss Donau.

„Brigach und Breg bringen die Donau zu Weg."

Diesen Spruch lernten die Kinder von alters her.

Das Firmengebäude der „Baduf" war an der Hinterbreg gebaut. Franz' Heimweg führte entlang dieses Baches ins Mäderstal. Nach den ersten Kilometern ging es dann nach rechts steil bergauf zum Höhenweg, der auf der Wasserscheide zwischen Donau und Rhein schon seit der Besiedelung des Schwarzwaldes ein wichtiger Verkehrsweg war.

Als Franz an diesem Abend dort oben ankam, setzte plötzlich heftiger Schneefall ein, und der Wind wurde zunehmend stürmischer. Er zog sich die Mütze tief ins Gesicht. Die Sicht wurde immer schlechter. Der Weg durch den Wald war hier ziemlich breit. Franz konnte sich an den Bäumen rechts und links des Weges orientieren. Er musste unbedingt schnell die „Kalte Herberge" erreichen. Dieses Höhengasthaus lag direkt am Weg, dort wo eine Straße links hinunter durch das Urachtal ins Bregtal führt, rechts geht es steil abwärts ins Wolfsloch. Hier oben hatte er knapp die halbe Wegstrecke hinter sich gebracht. Er freute sich immer, wenn er diesen markanten Streckenpunkt schon von Weitem vor sich erkannte, und an diesem Abend war er erleichtert und froh, als er endlich das Licht in den Fenstern sah und beim Näherkommen menschliche Stimmen vernahm. Meistens ging er, ohne seinen Marsch zu unterbrechen, hier vorbei. Aber er kannte die Wirtsleute, weil er doch das eine oder andere Mal in diesem Wirtshaus eine Pause eingelegt hatte.

Als er in die Wirtsstube eintrat, begrüßte er die anwesenden Gäste mit gespielter Heiterkeit:

„So ein Mistwetter! Man sieht kaum die Hand vor dem Gesicht!"

„Mensch Franz, dass du bei diesem Schneesturm noch unbedingt unterwegs sein musst!", entgegnete ihm der Wirt.

Franz nahm bei den Männern am Stammtisch Platz, und die Wirtin servierte ihm eine gebrannte Mehlsuppe. Dazu aß er ein Stück Brot. Die Suppe dampfte und schmeckte köstlich. Bevor er den Löffel zum Mund führte, blies er zuvor jedes Mal darüber hinweg, um sie etwas abzukühlen.

Nicht länger als eine Viertelstunde ruhte er sich hier aus. Dann bezahlte er, stand auf und ging in Richtung der Tür.

„Willst du heute Nacht nicht hier bleiben? Du kannst auf der Ofenbank schlafen", bot ihm die Wirtin an. Aber Franz war ein „Wälder-Sturkopf". Den Schwarzwäldern sagte man nach, dass sie einen Entschluss, den sie einmal gefasst hatten, nicht mehr änderten, sondern stur daran festhielten. So einer war Franz!

„Nein, danke. Bei euch ist ja bekanntlich mal einer auf der Ofenbank erfroren. Ich will nicht der Zweite sein."

Diese Bemerkung sollte eine witzige Anspielung auf den Namen „Kalte Herberge" sein. Angeblich sei hier vor langer Zeit einmal ein Wanderer auf der Ofenbank erfroren, weil das Wirtshaus nicht beheizt war. Aber das war eine Legende, die gerne erzählt wurde.

Als Franz vor die Tür trat, stellte er fest, dass es weiterhin kräftig schneite. Der eiskalte Wind hatte sich zum Sturm entwickelt. Die ersten Schneeverwehungen sorgten schnell dafür, dass die Fußspuren anderer, die hier vor kurzem noch vorbeigekommen waren, verschwanden.

Nach der „Kalten Herberge" ging es nochmals bergaufwärts. Er bog links vom Hauptweg ab, vorbei am Widiwandhof. Und von hieraus musste Franz nur noch bergab gehen, durch das Obertal den Wald hinunter in Richtung Langenordnach. Dann war er bald zu Hause. Aber dieses „Nur-Noch" entpuppte sich als ein gewaltiger Irrtum.

Wer einmal einen Schneesturm im hohen Schwarzwald erlebt hat, weiß, dass innerhalb weniger Stunden ein Meter Schnee und mehr fallen kann. Mit jedem Schritt sackt man tiefer ein, und auch ein starker Mann hat nach kurzer Zeit keine Kraft mehr, einen Fuß vor den anderen zu setzen. Auch bergab zu gehen, bedeutet keine Erleichterung.

Franz kämpfte sich mit all seiner Kraft weiter. Seit er die „Kalte Herberge" verlassen hatte, musste wohl mehr als eine Stunde vergangen sein. Normalerweise hätte er Langenordnach längst hinter sich gelassen und Neustadt wäre nicht mehr weit.

Direkt am Weg suchte er Schutz unter einer hohen Tanne. Für einen Moment sich ausruhen. Nur einen kleinen Augenblick. Er war erschöpft. Er dachte an Konkordia und seine drei Kinder. Sie wussten nichts davon, dass er heute Abend unterwegs zu ihnen war.

*

Lukas und Josef waren ebenfalls unterwegs an diesem stürmischen Abend. Die beiden Ältesten vom Reinhofbauer mussten am

Nachmittag in Waldau verschiedene Besorgungen erledigen und befanden sich jetzt spät abends auf dem Heimweg. Trotz des heftigen Schneefalls und des stürmischen Windes hatten sie sich Zeit gelassen und sahen keine Notwendigkeit, früher nach Hause aufzubrechen. Denn vom Ortsausgang Waldau mussten sie nur wenige hundert Meter der Straße in Richtung Langenordnach folgen. Dort wo der Bach aus dem Obertal in die Ordnach mündet, sah man bei guter Sicht bereits ihren Hof. Jetzt aber im Januar war es schon lange dunkel, und der heftige Schneesturm behinderte sowieso jegliche Sicht. Sie redeten kaum miteinander, wollten möglichst rasch noch die letzten Meter bis zum elterlichen Hof schaffen. Sie trauten ihren Augen nicht, als sie plötzlich vor sich ein kleines Licht am Wegrand wahrnahmen. Als sie näher kamen, erkannten sie eine Gestalt, die neben einer leuchtenden Laterne dort im Schnee saß.

Lukas beugte sich nieder, tätschelte mit seiner Hand das bärtige Gesicht und rief:

„He, kannst du mich hören! Steh auf! Du kannst hier nicht sitzen bleiben!"

Doch der Mann antwortete nicht.

Die beiden Brüder packten ihn rechts und links, jeder an einer Seite und versuchten so, ihn auf die Beine zu stellen. Doch dieser war unfähig, alleine zu stehen, und so schleppten sie ihn gemeinsam die letzten zwei-, dreihundert Meter bis zum Reinhof.

Ihr Vater öffnete sofort die Haustüre, nachdem Lukas ungewöhnlich laut schon von weitem gerufen hatte:

„Hilfe, Vater, macht schnell die Tür auf!"

Sie legten den Mann auf die Ofenbank, wo es wohlig warm war, öffneten seinen Mantel, nahmen ihm die Wollmütze ab und begannen damit, seine Arme und Beine zu reiben.

Ihre Maßnahmen hatten Erfolg. Der Mann schlug die Augen auf, blickte verstört um sich und fragte:

„Wo bin ich?"

„Du bist bei uns, hier auf dem Reinhof."

„Wie heißt du?", fragte Josef.

„Franz, ich bin der Franz Woller."

Die Reinhofbäuerin hatte inzwischen eine Tasse heiße Milch gebracht, die Franz in kleinen Schlucken dankend annahm. Er erzählte, dass er gegen Abend in Furtwangen aufgebrochen sei, nach Hause, nach Neustadt und dass er unbedingt dort heute noch ankommen muss.

„Es ist spät, schlaf erst einmal. Morgen Früh ist auch noch ein Tag!", antwortete der Bauer.

Am nächsten Morgen war der Spuk vorbei. Der Schneefall hatte aufgehört, der Sturm nachgelassen. Es dämmerte. Der Schwarzwald hatte sein Winterkleid erneuert. Über ein Meter Neuschnee war gefallen, nicht ungewöhnlich für diese Jahreszeit.

Als Franz erwachte, musste er sich erst noch einmal orientieren. Es dauerte einige Sekunden, bis er sich erinnern konnte, was sich ereignet hatte. Er richtete sich auf, merkte aber sogleich, dass seine Füße schmerzten. Die durchnässten Lederstiefel hatte man ihm ausgezogen.

Er konnte nicht aufstehen. Daher blieb er erst einmal auf der Ofenbank sitzen und wartete. Die Wanduhr zeigte kurz nach halb acht.

Josef betrat die Stube.

„Na, wie geht es dir heute Morgen?"

„Danke! Vergelt`s Gott! Du und dein Bruder, ihr habt mir wohl das Leben gerettet!"

„Das war schon ziemlich waghalsig von dir. Von Furtwangen hierher. Bei Wind und Wetter!"

„Als ich aufgebrochen bin, war das nicht zu erwarten."

„Doch!", entgegnete Josef harsch, „hast du nicht die Vorboten wahrgenommen?"

Franz schwieg beschämt.

„Komm, lass uns erst einmal etwas frühstücken!"

Franz wollte erneut aufstehen. Aber es ging nicht.

Irgendetwas stimmte nicht mit seinen Beinen.

Die Reinhofbäuerin hatte ihnen eine Brotsuppe zubereitet.

Franz saß noch immer auf der Ofenbank. Der Gedanke ließ ihn nicht mehr los. Er wusste, dass Erfrierungen beim Menschen immer erst die äußersten Gliedmaßen befallen, die Finger, die Zehen, die Füße. An seinen Händen schien alles in Ordnung zu sein, aber an den Füßen, da hat es ihn wohl erwischt.

Er äußerte seine Befürchtung.

„Wir bringen dich nach Hause", versprach ihm Josef.

Die beiden Brüder holten einen großen Schlitten aus dem Schuppen. Franz wurde erneut rechts und links gestützt. Sie setzen ihn auf den

Schlitten. Er bedankte sich nochmals beim Reinhofbauer und seiner Frau für alles, was sie für ihn getan hatten.

Dann zogen Josef und Lukas den Schlitten talabwärts durch Langenordnach. Bald sah man in der Ferne den Kirchturm von Neustadt.

Endlich war Franz wieder zu Hause.

8

Schwierige Zeiten

„Das sieht nicht gut aus, du hast starke Erfrierungen", stellte Dr. Winterhalder fest, nachdem er Franz' Beine und Füße untersucht hatte.

Konkordia hatte keine Minute länger gezögert, den Neustädter Doktor zu alarmieren, nachdem sie voll Entsetzen die dicken Blasen und die dunklen Verfärbungen an Franz' Zehen begutachtet hatte.

Dr. Winterhalder war schon etwas älter. Er kannte die Familie Woller seit Jahren. Alle Menschen in der Stadt schätzten ihren Doktor, weil er als sehr erfahren galt.

„Was meint Ihr, Herr Doktor, heilt das wieder?", fragte Franz. Er stellte diese Frage, obwohl er ahnte, dass der Doktor ihm hierauf nicht die gewünschte Antwort erteilen würde.

Der Arzt beantworte zunächst seine Frage nicht. Er behandelte die wunden Zehen mit Essigwasser und verband danach jeden Fuß.

Dann setzte sich Dr. Winterhalder auf den Stuhl neben dem Bett und schaute Franz lange an. Mit ernster Stimme gab er Franz folgende Erläuterungen:

„Deine Zehen wurden nicht mehr richtig durchblutet. Wenn die Füße in nassen Schuhen eingesperrt sind, können sie schon bei Temperaturen über null Grad erfrieren. Das geschieht zunächst unmerklich und schmerzlos. Du hast zu lange im Schnee gelegen. Ein Glück, dass die beiden Burschen dich gefunden haben, sonst wärst du jetzt nicht mehr am Leben. Ich befürchte, dass deine Füße nie mehr ganz heil werden. In ein bis zwei Wochen wissen wir mehr."

Franz schluckte tief: „Werde ich wieder gehen können?"

„Ich glaube schon. Aber im schlimmsten Fall sterben ein paar Zehen ab. Dann wirst du wohl am Stock gehen müssen."

Franz benötigte einige Minuten, um diese Nachricht zu verdauen.

Währenddessen packte Dr. Winterhalder sein Verbandsmaterial in den kleinen Lederkoffer. Er war ein kluger Mann und sprach daher jetzt nur noch das Nötigste.

„Wir müssen sehr gut aufpassen, dass sich nichts entzündet. Ich werde jeden Tag vorbeischauen und dir den Verband wechseln. Am besten ist es, wenn du dich ausruhst und die Beine hochlegst."

Franz bedankte sich, und Konkordia, die alles mitverfolgt hatte, begleitet ihn zur Haustüre.

„Vergelt's Gott!", sagte sie, „bis morgen."

*

„Ein Unglück kommt selten alleine", weiß der Volksmund. Die ganze Familie Woller stand unter Schock. Karolina war mittlerweile knapp neun Jahre alt, Josefine hatte bald im März ihren sechsten Geburtstag. Auch der kleine Franz Xaver schien wenige Tage vor seinem vierten Geburtstag zu begreifen, dass sich etwas ganz Schlimmes ereignet hatte.

Konkordia war froh, dass sie ihre ältere Schwester Bernhardine zur Seite hatte. Sie half, wo sie konnte und versorgte den greisen Johann.

Am Morgen des 4. Januar aber wachte Johann nicht mehr auf. Der Unfall seines Sohnes hatte ihn so sehr belastet, dass sein Herz nicht mehr mitmachte. Es hörte einfach auf zu schlagen. Und so stand die Familie Woller am Tage nach Dreikönig an seinem Grab. Alle standen da, außer Franz, der ans Bett gefesselt war.

Er fühlte sich schuldig am Tode seines Vaters. Konkordia versuchte, ihm diesen Schuldgedanken auszureden.

„Dein Vater durfte 83 Jahre leben. Er musste nicht leiden. Bernhardine wird nicht mit zur Beerdigung kommen. Sie möchte in der Zeit bei dir bleiben und mit dir den Rosenkranz beten."

Franz weinte.

„Du wirst sehen, Maria hilft. Maria hilft immer."

Beerdigungen mitten im Winter sind im Hochschwarzwald eine besondere Herausforderung für den Totengräber. Der viele Neuschnee war fest zusammengefroren. Bevor das eigentliche Grab ausgehoben werden konnte, musste erst einmal der vereiste Schnee von der Grabstelle abgeräumt werden. Diese dicke Schneeschicht hatte aber verhindert, dass der Boden darunter stark gefroren war, was das Ausgraben der Erde erleichterte.

Johann Woller wurde neben seine Frau Magdalena beerdigt, die hier bereits seit fünf Jahren ihre letzte Ruhe gefunden hatte.

Konkordia trug einmal mehr ihre schwarze Trauerkleidung. Während des Gottesdienstes kamen alle Erinnerungen wieder in ihr hoch. Wie sie als kleines Mädchen am Grabe ihres geliebten Vaters stand und wie sie als junge Frau ihren ersten Ehemann August beerdigen musste. Doch Konkordias Zuversicht in schweren Stunden war stets ihre tiefe Gläubigkeit gewesen, vor allem ihr Vertrauen auf die Hilfe der Mutter Gottes. Hieraus schöpfte sie ihre ganze Kraft.

Johann Woller

Dr. Winterhalder kam täglich, um sich Franz' Wunden genauestens anzuschauen und sie neu zu verbinden. Er erklärte ihm, dass sich die Füße entzünden könnten, dass er dann hohes Fieber bekäme und möglicherweise daran auch sterben könnte. Das müsse unbedingt verhindert werden!

„Ich müsste die abgestorbenen Zehen amputieren. Doch wir warten noch einige Zeit ab. Mindestens noch zwei Wochen. Es kann mehrere Monate dauern, bis dein Körper das zerstörte Gewebe von selbst abstößt."

An beiden Füßen konnte man jetzt deutlich erkennen, wo die Grenzen zwischen dem gesunden und dem abgestorbenen Gewebe verliefen. Der rechte Fuß war stärker betroffen als der linke. Die erfrorenen Zehen hatten sich dunkelviolett bis beinahe schwarz verfärbt.

Das alles war sehr, sehr schlimm!

Und schlimmer noch: Franz war auf einen Schlag arbeitslos geworden!

*

In derselben Zeit passierten im Deutschen Kaiserreich entscheidende Beschlüsse. Reichskanzler Otto von Bismarck führte im Zuge der Sozialgesetzgebung 1883 die Krankenversicherung und 1884 die Unfallversicherung ein. Er hatte die politische Sprengkraft der extremen sozialen Gegensätze erkannt und wollte dem entgegenwirken. Doch ein Rentenanspruch bestand erst ab dem 71. Lebensjahr, und diese Voraussetzung erwies sich für die meisten Menschen als unerfüllbar, und die schwindend geringe Höhe der Sozialleistungen bedeutete keine finanzielle Absicherung. Und Franz Woller war erst 46!

Eine sehr fortschrittliche Einrichtung war bereits damals die Reichspost. Mit Bernhardines Unterstützung verfasste Konkordia einen Brief an die Geschäftsführung der Firma „Baduf". Darin schilderte sie den Unfall ihres Mannes und teilte mit, dass Franz Woller bis auf weiteres nicht zur Arbeit kommen könne. Erst wenn seine Füße hoffentlich bald wieder ausgeheilt seien, könne ihr Mann wieder arbeiten.

Im Antwortschreiben, das wenige Tage danach im Briefkasten der Familie Woller ankam, wünschte man ihm „Gute Besserung!", teilte aber mit, dass eine Lohnfortzahlung in solchen Fällen nicht möglich sei. Er könne sich gerne melden, sobald er wieder arbeitsfähig sei.

„Wir müssen möglichst bald umziehen", bemerkte Franz.

Er hatte jetzt viel Zeit, über alles nachzudenken, weshalb diese Bemerkung keine spontane Äußerung war. Er hatte keine andere Antwort seines Arbeitgebers erwartet.

„Wenn wir in Furtwangen wohnen, werde ich wieder arbeiten können."

Nachdem sein Vater nun gestorben war, könnten sie das Elternhaus verkaufen. Mit dem Erlös wäre zumindest ein Grundstock für ein neues Zuhause in der Uhrenstadt vorhanden.

Er hatte schon die letzten Monate vor seinem Unfall den Blick auf etwa frei werdende Wohnungen gerichtet, aber mit Rücksicht auf seinen Vater nie mehr darüber gesprochen.

Ab jetzt wusste Franz, was er zu tun hatte.

9

Furtwangen

Der Winter war noch nicht ganz vorüber, die Tage wurden wieder länger, und das Osterfest war nicht mehr weit.

Franz' Füße hatten sich Gott sei Dank nicht entzündet. Die abgestorbenen Zehen sahen schrecklich aus. Der Körper würde sie bald abstoßen, prognostizierte Dr. Winterhalder. Doch die Schmerzen waren auszuhalten, nur das Gehen war noch immer unmöglich.

Franz hatte glücklicherweise Schulkameraden und andere Freunde, die ihn hin und wieder zu Hause besuchten, ihm Trost spendeten und ihm für den geplanten Umzug ihre ganze Unterstützung zusagten.

Bernhardine und Konkordia hatten die Formalitäten auf dem Rathaus in Neustadt abgewickelt.

Das Ochsengespann vor dem großen Heuwagen sollte Familie Woller an einem Samstagmorgen mit Hab und Gut in eine neue Zukunft führen.

Zwischen den Möbeln und auf den Kisten saßen sie, alle fünf: Konkordia, Bernhardine, Karline, Josefine und der kleine Franz. Nur der Vater erlebte die Reise liegend, auf einem Strohsack, warm eingepackt. Für die drei Kinder war dieser Tag ein aufregendes Erlebnis.

Die Route führte über Langenordnach. Franz kam erstmals wieder an der Stelle vorbei, wo ihn die beiden Söhne des Reinhofbauern aufgefunden hatten.

Mit dem Ochsengespann war der direkte Weg über das Obertal hinauf zur „Kalten Herberge" zu schmal und daher nicht möglich. Sie mussten weiter auf der Hauptstraße über Waldau hinauf auf die Höhenstraße, die sie in der Nähe vom „Lachehiesli" erreichten.

Im Laufe des späten Nachmittags kamen sie endlich in Furtwangen an.

Das Haus, in dem sie künftig wohnen würden, befand sich in der Unterallmendstraße, Hausnummer 14.

Die Kinder waren beeindruckt von der Größe des Gebäudes. Rechts und links davon gab es nichts Vergleichbares.

Ihre neue Wohnung im 2. Stock erreichten sie über eine steile Treppe, die auf der linken Seite gleich nach der Eingangstüre nach oben führte. Franz wurde gestützt und Stufe um Stufe nach oben geführt. Die Füße schmerzten.

In den Schlafkammern, die sich im 3. Stockwerk befanden, gab es eingebaute Schränke. Über einen Stiegenkasten war eine größere Schlafkammer direkt mit der Wohnstube darunter verbunden, was vor allem im Winter große Vorteile mit sich brachte. Die Wärme aus der Stube zog nach oben, und man brauchte nicht mehr über die kalte Treppe im Hausflur zu gehen.

Die Furtwanger Leute nannten dieses Haus „s Lutze-Hus". Offensichtlich wohnte hier früher einmal jemand, der Lutz hieß. Es war das älteste Haus in der Stadt, wenn man von den ganz alten Schwarzwaldhöfen absieht.

Neben der Haustüre konnte man auf einem Stein deutlich die Zahl 1736 erkennen, und über einem Fenster fand sich eine noch viel ältere Datierung: „1517 – vom Kloster St. Georgen erbaut". Das Haus befand sich an einem geografisch markanten Punkt. Unweit dieses alten Gebäudes trafen sich Vorder- und Hinterbreg, um vereint in Richtung Schönenbach und Vöhrenbach nach Donaueschingen weiter zu fließen und dort mit der Brigach zusammen „die Donau zu Weg" zu bringen.

Konkordia und Franz beabsichtigten, das Haus, wenn möglich, zu erwerben, danach den gesamten 1. Stock und die Osthälfte im 3. Stockwerk zu vermieten, um die Schuldenlast zu reduzieren.

Dieses Vorhaben würde sich erst vier Jahre später verwirklichen.

Familie Woller begann sich allmählich einzuleben, lernte Nachbarn kennen. Karline war in das 3. Schuljahr aufgenommen worden und fand neue Freunde. Sie war eine sehr gewissenhafte Schülerin, so wie ihre Mutter es damals in St. Märgen auch gewesen war. Lehrer Hermann Stadelmann lobte sie öfter auch vor der Klasse, was ihr sichtlich gut tat.

Der Weg zur Schule war nicht allzu weit. Seit einigen Jahren mussten die Furtwanger Schulkinder in die neu erbaute Schule in der Badstraße gehen.

Durch die Industrialisierung war der Ort zu einer Kleinstadt herangewachsen, und rund 300 Kinder benötigten einen Schulplatz. Vom großen Schulgebäude blickte man auf den Bahnhof, denn hier war unterhalb der Stadtkirche St. Cyriak ein neues Zentrum entstanden, seit 1893 erstmals eine Lokomotive samt Waggons von Donaueschingen durch das Bregtal bis hier hinauffuhr. Die Produkte der vielen Firmen mussten seither nicht mehr aufwändig mit Pferdefuhrwerken via

Triberg zum dortigen Bahnhof der Schwarzwaldbahn verfrachtet werden. Die Stadt war über ein Eisenbahnnetz mit der Welt verbunden.

„Wisst ihr", erklärte Lehrer Stadelmann eines Morgens, „die Karolina wohnt in dem großen hellen Haus in der Unterallmend. Das war früher mal das Furtwanger Schulhaus. Das ist aber lange her. Damals war noch nicht einmal ich auf der Welt. Dann reichte der Platz für die über 100 Kinder nicht mehr aus. Es gab jedoch immer nur Notlösungen. Heute könnt ihr alle froh und dankbar sein, dass wir so ein schönes neues Schulhaus bekommen haben."

Als Karline an diesem Tag nach Hause kam, begrüßte sie Konkordia aufgeregt mit den Worten:

„Mutter, stellt Euch vor, hier in unserer Stube war früher mal ein Schulzimmer! Das kann ich gar nicht glauben!"

Nachdem das Osterfest vorüber war, begann auch für Josefine der Ernst des Lebens. Sie wurde eingeschult. Ein neues Schuljahr begann immer mit dem Sommerhalbjahr. Sie kam in die Klasse I b zu Lehrer Reilinsperger, zusammen mit den anderen Kindern, die nördlich der Breg zu Hause waren. Dazu zählte auch das „Goldmocke-Viertel", die Untere Allmend, das Gebiet „nördlich vom Jordan", wie die Kinder der B-Klasse abwertend klassifiziert wurden, denn auf der südlichen Bregseite wohnten die Kinder der eher städtischen Bevölkerung, Söhne und Töchter der Fabrikanten und der Ladenbesitzer. Diese Kinder kamen in die A-Klasse.

Fortan gingen die beiden Woller-Mädchen gemeinsam den Schulweg. Und überhaupt, sie wuchsen immer mehr zusammen, zur Freude Konkordias.

10

Hamstern

Franz Wollers Hoffnung, bald wieder in Arbeit zu kommen, erfüllte sich leider nicht. Zwar hatte er aus ärztlicher Sicht große Fortschritte gemacht, doch längere Zeit Schuhe zu tragen, was die Grundvoraussetzung gewesen wäre, um im wahrsten Sinne des Wortes wieder zur Arbeit „gehen" zu können, war unmöglich. Die fehlenden monatlichen Lohnzahlungen waren kaum zu kompensieren. Umzug und Wohnungsmieten zehrten die Ersparnisse auf. Familie Woller drohte zu verarmen. Ein kleiner Gartenanteil, der zu ihrer Wohnung gehörte, wurde von Bernhardine beackert. Sie pflanzte Kartoffeln an, die die Grundlage der täglichen warmen Mahlzeiten bildeten.

Konkordia hatte eine eigene Strategie, weitere Nahrungsquellen aufzutun. Sie bettelte um Lebensmittel, doch sie nannte es anders, sie nannte es hamstern.

Am Nachmittag ging sie mit Karline und Josefine los. Die Mädchen zogen den Leiterwagen, auf dem ein leerer geflochtener Korb mitgeführt wurde. Ziel waren die Äcker und Felder, die von den Bauern gerade abgeerntet wurden.

Sobald sie ein solches Ziel erreichten, blieb Konkordia in einiger Entfernung zurück und versteckte sich hinter Bäumen oder Büschen. Die beiden Mädchen näherten sich den Bauersleuten und fingen an, Lieder zu singen. Mit ihrem Gesang weckten sie das Mitleid der „reichen" Bauersleute. Kirchenlieder, vor allem die Marienlieder, gesungen mit kindlicher Stimme, erreichten die Herzen.

Von ihrer Mutter hatten Karline und Josefine auch ein alemannisches Bettellied gelernt, das Lied „In Muetters Stübele", dessen acht Strophen sie in herzerweichender Terz-Zweistimmigkeit vorsangen:

1. *In Muetters Stübele, do goht d hm, hm , hm,*
   in Muetters Stübele, do goht d Wind.

2. *Mueß fascht vofriere vor lauter hm, hm, hm,*
   mueß fascht vofriere vor lauter Wind.

3. *Mir wen gi bettle gau, es sin is hm, hm, hm,*
   wir wen gi bettle gau, es sin is zwei.

4. *Du nimmsch de Bettelsack un i d hm, hm, hm,*
   du nimmsch de Bettelsack un i d Korb.

5. *Du stohsch vors Lädeli un i vor hm, hm, hm,*
   du stohsch vors Lädeli un i vor d Dier.

6. *Du kriägsch e Weckeli un i e hm, hm, hm,*
   du kriägsch e Weckeli und i e Bir.

7. *Du stecksch d Speck in Sack un i de hm, hm, hm,*
   du stecksch d Speck in Sack un i d Ank.

8. *Du seisch: „Vergelt is Gott!", un i sag hm, hm, hm,*
   du seisch: „Vergelt is Gott!", un i sag Dank.

Nach dem Gesang beteten sie das „Vater unser" und ein „Gegrüßet seist du, Maria", nahmen dann den Korb aus dem Leiterwagen und stellten ihn neben den erntenden Frauen ab. Diese waren gerührt. Die meisten unter ihnen waren auch Mütter und hatten Mitleid mit den beiden singenden und betenden Kindern.

So bekamen sie immer etwas von dem ab, was gerade abgeerntet wurde: Kartoffeln, Kraut, Rüben und vieles mehr.

Sie bedankten sich höflich mit einem „Vergelt's Gott!".

Konkordia war stolz auf ihre Töchter.

Bald waren die Mädchen erfahren genug, dass Konkordia sie alleine zum Hamstern losschickte.

Sie hatten früh erfahren, ihren Beitrag zum Lebensunterhalt der Familie zu leisten, und in wenigen Jahren würden beide noch mehr dazu beitragen können und müssen.

11

Später

Der letzte Schultag des 1. Halbjahres war gekommen. Es war Zeugnistag. Erstmals bekam Josefine ein Schulzeugnis.

Lehrer Reilinsperger ließ seine Schüler einzeln nach vorne treten. Jeder Bub, jedes Mädchen bekam von ihm ein kleines grünes Büchlein ausgehändigt mit individuellen Kommentaren wie: „Du bist ein ordentlicher Schüler!" oder „Du musst noch viel lernen, um besser zu werden!" oder „Du bist zu faul!"

Josefine musste lange warten, bis sie an der Reihe war. Der Lehrer rief sie in alphabetischer Ordnung auf. Woller beginnt mit einem W, und Josefine hatte sich schon daran gewöhnt, als Vorletzte aufgerufen zu werden. Nach ihr kam nur noch Maria Ziegler an die Reihe.

„Du musst etwas ernsthafter deine Aufgaben machen. Nimm dir ein Beispiel an deiner großen Schwester. Die ist viel gewissenhafter als du!", waren seine zeugnisbegleitenden Worte.

Josefine setzte sich zurück in ihre Schulbank in der vorletzten Reihe und blickte auf das kleine grüne Büchlein:

Zeugnisbüchlein

für

Woller Josefine

geb. zu Neustadt

Amt Neustadt

den 11. März 1888

In den wenigen Monaten hatte sie noch nicht Lesen und Schreiben gelernt. Außer den „Gartenzäunchen" und den „Spazierstöckchen", die Vorübungen zum Erlernen der Buchstaben, hatte sie noch nichts geschrieben. Aber sie kannte das Zeugnisheft ihrer Schwester. Und nun hatte sie ein eigenes und war von Stolz erfüllt.

Auf den folgenden Seiten befanden sich die Vordrucke für alle Zeugnisse der gesamten Volksschulzeit in der üblichen Frakturschrift. An den Leerstellen trug der Lehrer Noten und Bemerkungen handschriftlich ein, in Sütterlin, jener geschwungenen Schrift, mit der schon die großen Dichter wie Goethe und Schiller ihre Meisterwerke zu Papier gebracht haben.

Josefine schlug das Büchlein auf:

Abstufung der Noten.

1. Sehr gut.
2. Gut.
3. Ziemlich gut.
4. Hinlänglich.
5. Ungenügend.

Karline hatte in ihren bisherigen Zeugnissen überall nur „sehr gut" und „gut" stehen.

Seite drei sah in Josefines Zeugnis so aus:

Volksschule

Ⅵ Klasse

Zeugnis für das Sommerhalbjahr 1894

Betragen: *gut*

Fleiß: *gut*

Fortschritte: *gut*

Lehrer:

Reilinsperger

Vater oder Pflegeeltern:

Sie erkannte, dass der Lehrer an allen Stellen „gut" eingetragen hatte und damit war sie zufrieden. Ihr Vater wird es bestimmt auch sein, war sie sich sicher; denn zu Karline hatte er einmal gesagt:

„Ich war immer zufrieden, wenn bei mir „gut" da stand."

Doch gesehen hatten die beiden Vaters Zeugnisheft nie.

Ganz am Ende des Büchleins war die Schulordnung abgedruckt; und Josefine erinnerte sich, wie Lehrer Reilinsperger am ersten Schultag ihnen das alles vorgelesen hatte, langatmig und eintönig, weshalb sie nach wenigen Minuten gar nicht mehr zuhörte, sondern in Gedanken in Feld und Wald spazieren ging.

Dazwischen wurde sie einige Male unterbrochen durch:

„Habt ihr das verstanden!", was urplötzlich lauter und im Tonfall strenger aus seinem Munde kam.

Insgesamt 21 Paragrafen mussten die Erstklässler so über sich ergehen lassen.

In der Schulordnung war nirgendwo die Rede davon, was den Kindern erlaubt war, sondern fast alles war verboten. Aber eine strenge Erziehung waren sie alle von zu Hause aus gewohnt.

Schulordnung
für die Kinder.

§ 1.

Die Kinder haben pünktlich zur bestimmten Zeit, an Körper und Kleidung reinlich und anständig, und mit den erforderlichen Schulsachen zu erscheinen, sich sofort an ihre Plätze zu setzen und alles zum Unterricht Nötige in Bereitschaft zu legen.

§2.

Wer während des Gebetes oder Gesanges kommt, hat bis zur Beendigung desselben stille an der Thür zu warten und dann sich bei dem Lehrer zu entschuldigen und dem Lehrer den Entschuldigungsgrund anzuzeigen.

§ 3.

Während des Unterrichts sollen die Schüler still, ruhig, in gerader und anständiger Haltung auf ihren Plätzen sitzen, die Hände auf den Tisch legen und sich mit den Füßen ruhig auf dem Boden halten. Alles was den Unterricht hemmt oder stört, wie Essen, Spiele, Scharren oder Stampfen mit den Füßen, Schwatzen, Lachen, eigenmächtiges Verlassen des Platzes ist untersagt. Hat das Kind während des Unterrichts dem Lehrer etwas zu sagen, oder ihn um etwas zu bitten, so gibt es, bevor es spricht, ein Zeichen mit dem Finger.

§ 5.

Beim Auffagen, Lefen oder Singen follen fie ftehen; ihre Antworten follen fie in geraber Haltung bef Kopfef, laut, lautrein, wohlbetont und möglichft in ganzen Sätzen geben. Beim Schreiben ober Zeichnen follen fie aufrecht fitzen, die Bruft nicht an ben Tifch anbrücken, noch ben Körper ftark vorwärtf biegen.

§ 12.

Kein Schüler foll ben geordneten Gottefdienft verfäumen. In der Kirche follen die Kinder, eingedenf ber Heiligkeit bef Ortef, ein anftänbigef, gefittetef und gotteffürchtigef Verhalten zu erkennen geben.

§ 17.

Niemalf bürfen bie Kinder frembef Eigentum nehmen ober verberben. Daf Quälen ber Tiere, baf Aufnehmen von Vogelneftern, baf Einfangen von Vögeln und baf Befchädigen ber Bäume und anderer Gewächfe ift verboten; ebenfo baf Tabakrauchen und die Anfchaffung von Pulver, Feuerwerkskörpern, Streichzündhölzchen und anberen leicht entzünblichen und gefährlichen Gegenftänden.

§18.

Fluchen, Schimpfen, Schlagen, Werfen, Nachfpringen von Fuhrwerken oder unbefugtef Auffitzen auf folche barf nicht vorkommen. Nach bem Abendgebetleuten follen fich Schulkinder nicht mehr zwecklof auf ben Straßen und öffentlichen Plätzen umhertreiben.

§19.

Den Schülern ift ber Befuch ber Tanzböben und Wirtfhäufer ohne unmittelbare Beauffichtigung burch die Eltern oder anderer Fürforger unterfagt.

§ 21.

Gegenwärtige Schulordnung wird am Anfang jeden Schulhalbjahref den Schülern unter Beifügung der nötigen Erklärungen vorgelesen und bleibt daf ganze Jahr hindurch in dem Schulzimmer angeschlagen. Ueberdief wird jedem Schüler ein Abbruck derselben (nebft Stundenplan) in die Hand gegeben.

Der Ortffchulrat

Josefine hatte richtig vermutet. Ihr Vater zeigte sich einverstanden. Er nahm das Zeugnisheft, schleppte sich, setzte sich an den Tisch auf einen Stuhl. Josefine musste ihm Schreibfeder und das Tintenglas bringen. Dann unterschrieb er langsam und mit großer Sorgfalt an der dafür vorgesehen Stelle:

Franz Wollni

12

Jahrhundertwende

Es brachen die letzten Jahre des Jahrhunderts an, geprägt von einer Stimmung des Fortschritts.

Die Ingenieurwissenschaften waren auf dem Vormarsch. In Paris konnte man einen neuen hohen Turm bewundern, der nur aus Stahl und Nieten hergestellt war. Die Menschen träumten davon, dass es bald stählerne, unsinkbare Schiffe geben würde, Pferdekutschen wurden von Automobilen verdrängt, und Flugzeuge sollten schon bald die weite Strecke zwischen Europa und Amerika ohne Zwischenlandung überwinden.

Die Zeit war geprägt von einem Schwanken zwischen Aufbruchsstimmung, Zukunftseuphorie, aber auch diffuser Zukunftsangst und Endzeitstimmung, von Weltschmerz, Faszination, von Tod und Vergänglichkeit, Leichtlebigkeit, Frivolität und Dekadenz.

Durch Bismarcks Bündnispolitik war Europa politisch ausbalanciert. Der letzte Krieg war nach nahezu dreißig Jahren bei den Jüngeren nicht mehr im Bewusstsein, doch glich Europa einem Pulverfass mit vielen Zündschnüren.

Mit der Entlassung Bismarcks 1890 zerfiel auch sein Bündnissystem in kurzer Zeit. Im Gegensatz zu dem konservativen „Realpolitiker" Bismarck führte der junge Kaiser Wilhelm II. eine provokante „Politik der freien Hand", um Deutschland planmäßig auf die Bühne der Weltpolitik zu führen.

Als im selben Jahr der Rücksicherungsvertrag trotz großen russischen Interesses nicht verlängert wurde, kam es 1894 zu einem russisch-französischen Abkommen, dem Zweierbund. Damit war der

„Albtraum" Bismarcks, der in seiner Amtszeit versucht hatte, diese beiden Mächte auseinanderzuhalten, wahr geworden.

Deutschland drohte ein Zweifrontenkrieg.

Für Familie Woller in der Unterallmend 14 ging 1898 der Wunsch vom eigenen Haus in Erfüllung.

Die Stadt Furtwangen verkaufte das marode „Lutze-Hus" zu einem sehr günstigen Preis, da sich aus der Sicht der Stadt eine Totalrenovierung nicht mehr lohnte. Konkordia rechnete aus, dass mit den Mieteinnahmen aus dem 1. und 3. Stock die Finanzierung möglich sei. Außerdem befand sich Karline in ihrem letzten Schuljahr. Danach würden die Eltern sie als Arbeiterin in die „Baduf" geben. Dort konnten junge Mädchen allerdings keine Ausbildung absolvieren. Dieses Privileg hatten nur die männlichen Schulabgänger. Doch Hilfsarbeiterinnen, wenngleich beinahe noch Kinder, wurden gerne eingestellt.

So kam es, dass Karolina Woller bereits mit 13 Jahren täglich viele Stunden in der Uhrenfabrik arbeitete. Sie montierte Uhrwerke. Alles Geld, was sie verdiente – es war nicht viel – übergab sie am Monatsende dem Vater.

Ihr sehnlichster Wunsch war es gewesen, nach der Schulzeit in ein Kloster einzutreten und als Braut Gottes zu leben.

Dieser Wunsch ging für sie leider nie in Erfüllung.

*

Für Familie Woller waren die Rauhnächte bedeutungsvolle Tage. So heißen die zwölf Nächte zwischen Weihnachten und dem Dreikönigstag. Niemand in der Familie wusste, wie es zu dem Brauchtum kam, dass diesen Nächten eine besondere Bedeutung zugemessen wird. Es war eben eine geheimnisvolle Zeit.

Man durfte sich nicht die Haare waschen, und diese Nächte waren als Bauernregel bestimmend für das Wetter der zwölf Monate des neuen Jahres.

Doch warum?

Ein Jahr aus zwölf Mondmonaten umfasst nur 354 Tage. Das Sonnenjahr aber zählt derer 365. Die fehlenden 11 Tage mit den zwölf Nächten galten als „tote Tage", also Tage außerhalb der Zeit. Von diesen Tagen wird in der Mythologie angenommen, dass die Gesetze der Natur außer Kraft gesetzt seien und daher die Grenzen zu anderen Welten verschwänden. In vielen Kulturen, die so ein Kalendersystem verwenden, verbindet sich diese Zeitspanne oftmals mit Ritualen und Volksbrauchtum.

Und der Rauhnacht zwischen Silvester und Neujahrstag kam noch mehr Bedeutung zu.

Im Mittelalter wurde zu Silvester Lärm gemacht. Damals nahm man Rasseln, Töpfe und andere Gegenstände, um Lärm zu erzeugen. Der Hauptgrund für das laute Treiben war die Abwehr böser Geister. Ab dem Mittelalter kam das Läuten der Kirchenglocken und das Spielen von Pauken und Trompeten hinzu, später dann auch das Abfeuern von

Gewehren und Kanonen. Dieses Vergnügen war allerdings nur Jägern und anderen privilegierten Leuten vorbehalten.

Aber die Menschen wollten auch wissen, was das neue Jahr wohl mit sich bringe.

Nach dem Abendessen saßen die Familien um den Tisch. Es wurde Blei gegossen.

Über einer Kerzenflamme wurde ein Stückchen Blei zum Schmelzen gebracht. War das Blei flüssig, goss man es in einen Topf mit kaltem Wasser. Danach fischte derjenige, der gegossen hatte, den Klumpen heraus und hielt die erstarrte Form gegen das Licht. Die Form des Schattens war entscheidend und konnte gedeutet werden. Je nach Drehen des erkalteten Bleigusses und der Fantasie des Betrachters konnten die seltsamen Schattenfiguren Hinweise für das neue Jahr geben.

Konkordia jedoch hielt nichts vom Bleigießen. Das sei Aberglauben. Allerdings war sie hin und wieder auch abergläubisch, ohne es zu merken. Zog ein Gewitter auf, so ließ sie ganz schnell jegliches Besteck, das auf dem Tisch lag, in einer Schublade verschwinden. Denn das Metall würde die Blitze anziehen.

Der Silvesterabend 1899 verlief bei Familie Woller ohne Bleigießen.

Vor dem Abendessen sprach Konkordia ein Gebet, nachdem die gebratenen Kartoffeln in einer großen Schüssel aufgetischt waren. Franz hatte zusätzlich ein Stück Wurst auf dem Teller, von dem er nach und nach kleine Rädchen abschnitt. Ein-, zweimal legte er ein solches Stück auf den Teller des knapp zehnjährigen kleinen Franz', weil er der

Sohn war. Karolina und Josefine stand eine solche Aufwertung des Mahles nicht zu.

Nach dem Essen räumten die beiden Mädchen gemeinsam mit Tante Bernhardine den Tisch ab, und dann wurde es gesellig.

Bernhardine Albert

Familie Woller sang gerne Lieder. Dazwischen erzählte man sich Geschichten. Eine halbe Stunde vor Mitternacht beteten sie alle gemeinsam den Rosenkranz.

Dann läuteten die Kirchenglocken.

Ein neues Jahrhundert hatte begonnen.

13

Später

Die ersten Jahre des 20. Jahrhunderts fügten sich nahtlos an die letzten des vorhergegangenen. Furtwangen veränderte sein Gesicht. Durch den Zuzug fremder Menschen, die hier gute Arbeitsmöglichkeiten vorfanden, kamen auch solche, die nicht katholisch waren. Im ehemaligen Vorderösterreich wohnten hier ausschließlich Katholiken. Jetzt aber gab es immer mehr „Evangelische", die auf ein eigenes Gotteshaus Wert legten. So wurde nur wenige Schritte von der Unterallmend entfernt direkt an der Breg, selbstverständlich auf der nördlichen Seite, gegenüber der Großherzoglich-Badischen Uhrmacherschule eine evangelische Kirche gebaut.

Was in Deutschlands Großstädten bereits verwirklicht war, kam langsam auch in die Gemeinden im hohen Schwarzwald: Eine Wasserversorgung in die Häuser der Menschen und die Versorgung mit elektrischem Strom. Doch bis diese Modernisierungen abgeschlossen waren, würde das erste Jahrzehnt vorübergegangen sein.

Franz Woller hatte sich längst damit abgefunden, nie mehr ein normales Leben führen zu können. Zwar versuchte er es immer wieder, sich Schuhe anzuziehen und einige Schritte zu gehen. Doch schon nach kurzer Zeit drückten diese so sehr, dass die Schmerzen unerträglich wurden. Und das Gehen, selbst durch einen Stock gestützt, war schier unmöglich.

Konkordia und Bernhardine meisterten gemeinsam den Haushalt und kümmerten sich um den Garten, der vor der Haustüre jenseits des „Kodderbaches" angelegt war. Außer Kartoffeln, Kraut und Salat wuchsen ringsum allerlei Büsche: Johannisbeeren, Stachelbeeren und auch Himbeeren waren die süßen Früchte des Sommers.

Der „Kodderbach" war ein stillgelegter Seitenarm der Breg, der in früheren Zeiten oberhalb in Richtung Rössleplatz kleinere Mühlen antrieb, die aber alle längst nicht mehr existierten. In Regenzeiten führte er bisweilen doch einiges Wasser, so dass man unmittelbar nach der Haustüre nur über eine kleine Brücke den Garten erreichte. Im Sommer war er weitgehend ausgetrocknet, und man ekelte sich vor scheußlichen Schlieren und dem Unrat, den er angespült hatte. Wenn jemand hässlich ausspuckt, sagen die Schwarzwälder dazu:

„Der koddert."

So war der unrühmliche Name des Bächleins entstanden.

Nach wie vor pilgerten die beiden Frauen mit den Kindern hin und wieder nach St. Märgen zu ihrer Mutter Gottes.

Konkordia wurde ein weiteres Mal großes Leid zugefügt, als sie erfuhr, dass im Spätsommer 1907 ihr geliebtes Gotteshaus nach einem Blitzschlag abgebrannt war. Die Kirche war nicht durch einen Blitzableiter gesichert und brannte völlig aus. Das Wallfahrtsbild und die Altarfiguren waren durch den Einsatz mutiger Männer rechtzeitig gerettet worden. Die wertvollen Holzschnitzereien von Matthias Faller konnten alle in Sicherheit gebracht werden, doch leider verbrannte die Silbermann-Orgel, die seit 1777 die Kirche mit wundervollen Klängen noch schöner gemacht hatte.

Und wie entwickelten sich die drei Kinder der Familie Woller?

Karline war zur Jahrhundertwende schon 15 Jahre alt. Sechs Jahre später wurde sie Mitbegründerin eines Arbeiterinnenvereins.

Mutige junge Frauen schlossen sich zusammen und kämpften gemeinsam für die Rechte der Frauen. Sie setzten konsequent fort, was einige Jahrzehnte früher durch die Gründung von Arbeitervereinen entstanden war. Ziel der Mehrzahl aller Arbeitervereine war eine spürbare Verbesserung der sozialen Lage der Arbeiterschaft und bessere Arbeitsbedingungen.

Die Sozialenzyklika „Rerum novarum" Papst Leos XIII. 1889 und der Volksverein für das katholische Deutschland, der als Bildungs- und Schulungsorganisation große Wirkung erzielte, unterstützten diese Bewegung. Die katholischen Arbeitervereine waren durch geistliche Präsides in die kirchlichen Strukturen eingebunden. Die praktische Arbeit wurde von Laien getätigt. Sie traten ein für die soziale und politische Emanzipation der Arbeiter sowie die Abwehr des klassenkämpferischen und atheistischen Sozialismus'. Die Interessenvertretung, beispielsweise in Lohnfragen, sollte durch die Gewerkschaften erfolgen, die von katholischen Arbeitervereinen unterstützt wurden. Ihre politische Vertretung sahen die katholischen Arbeiter in der Zentrumspartei.

Vater Franz begrüßte das Engagement seiner ältesten Tochter. Er stand der Zentrumspartei nahe und hätte sich gerne auch mehr eingesetzt, wenn er nicht ein „Krüppel" geworden wäre.

Josefine war nach Beendigung der Volksschule ebenfalls als Hilfsarbeiterin in der „Baduf" beschäftigt. Nach den sieben

Pflichtschuljahren hatte sich noch ein Jahr Fortbildungsschule angeschlossen.

Durch ihren Arbeitslohn steigerte sich das monatliche Budget der Familie.

Franz Xaver ging ebenfalls dem Ende seiner Schulzeit entgegen. Auch ihn brachte der Vater anschließend in der „Baduf" unter. Anders als seine beiden Schwestern konnte er jedoch dort eine Lehre beginnen, eine Lehre als Uhrmacher. Er würde in seines Vaters Fußstapfen treten als ein von der Industrie für die Industrie ausgebildeter Facharbeiter.

Er war ein begabter Junge, konnte wunderschön singen und wirkte nach seinem Stimmbruch im Kirchenchor mit. Das Mandolinenspielen hatte er sich weitgehend selbst beigebracht und eigene Spielstücke „kombiniert". So nannte man das in Furtwangen in Unkenntnis des richtigen Gebrauchs von Fremdwörtern.

Alles sah danach aus, als sei Franz auf der Sonnenseite des Lebens geboren.

Niemand ahnte zu diesem Zeitpunkt, welche Katastrophen das neue Jahrhundert mit sich bringen würde.

*

„Was machst du denn da?", fragte Karline ihre Schwester.

Die beiden jungen Mädchen arbeiteten nebeneinander an der Werkbank. Der Meister, der sie anleitete und streng beaufsichtigte, war gerade aus dem Raum gegangen.

Sie beobachtete Josefine, wie diese mit einer Reibahle ihr linkes Ohrläppchen bearbeitete.

In der Uhrmacherei ist die Reibahle ein wichtiges spitzes Werkzeug, welches zur Feinbearbeitung von Bohrungen verwendet wird.

„Ich steche mir die Löcher für meine Ohrringe", erklärte Josefine.

„Du bist verrückt! Lass das, hör auf damit!", mahnte Karline.

Trotz großer geschwisterlicher Ähnlichkeit der beiden – der Altersunterschied betrug nur knapp drei Jahre – waren sie charakterlich doch sehr verschieden. Karolina galt als äußerst ernst, gewissenhaft und nachdenklich, hingegen erschien Josefine ihren Mitmenschen wie ein Vögelchen, lebensfroh, heiter und unbeschwert.

Karline wäre es niemals in den Sinn gekommen, sich die Ohrläppchen zu verstümmeln, nur um sich selbst oder den jungen Burschen zu gefallen. Sie hatte auch kein Interesse an den Ohrringen, die ihre Mutter von der Großmutter aus St. Märgen geerbt hatte, mit denen sie selbst aber nie etwas anzufangen wusste.

„Ohrlöcher stechen lasse ich mir niemals!", erklärte Konkordia einmal.

„Ich mir schon", antwortete die damals noch kleine Josefine und bekundete damit ihr Interesse an den beiden goldenen Ringlein. Und zu ihrem 17. Geburtstag überraschte sie Konkordia mit diesem

Geschenk. Ihr war klar, dass sie damit Karline niemals eine Freude bereiten würde.

Josefine fand jedoch keinen, der ihr die Ohrlöcher dazu stechen wollte. Also beschloss sie, dies selbst zu tun. Und sie wusste, dass der Meister sich immer auch einmal längere Zeit in einem anderen Raum der „Baduf" befand. Diese Gelegenheit wollte sie nutzen. Und sie hatte sich kundig gemacht, wie das geht.

Damals wurden Ohrlöcher häufig, meist nach Betäubung mit Eiswürfeln, mit haushaltsüblichen Nadeln, für gewöhnlich dicke Nähnadeln oder Stopfnadeln, gestochen. Oftmals geschah dies unter Verwendung eines jeweils hinter das Ohrläppchen gehaltenen halbierten Apfels, einer Kartoffel, eines Korkens oder eines Stücks Seife, um für den nötigen Gegendruck zu sorgen. Sofern eine Desinfektion durchgeführt wurde, diente hierzu meist hochprozentiger Schnaps. Die Nadel wurde zuvor durch Erhitzen in einer Kerzenflamme sterilisiert.

Josefine aber hatte weder Eiswürfel noch Schnaps zum Desinfizieren. Sie war sich sicher, dass das Stechen der Löcher auch mit etwas Druck und langsamen Drehbewegungen der Ahle funktionieren könnte. Mit Hilfe eines kleinen Spiegels kontrollierte sie den Einsatz des Werkzeuges an ihrem Ohr.

Ihre Eitelkeit war stärker als ihr Schmerzempfinden, und tatsächlich, sie schaffte es, das linke Ohrläppchen zu durchbohren, während ihr Tränen des Schmerzes über die Wangen liefen. An Stelle des Schnapses tupfte sie etwas Spucke auf die Wunde und führte anschließend gleich den Ohrring durch das gestochene Löchlein. Sie wusste, dass dies schnell geschehen musste, damit der Körper die Wunde nicht gleich wieder verschließen würde. Sie hatte auch noch den Mut, denselben Vorgang am rechten Ohr zu wiederholen.

Aller Mahnungen ihrer Schwester zum Trotz hatte es Josefine geschafft, an diesem Abend mit schmerzenden, aber vergoldeten Ohren nach Hause zu gehen.

Und das Beste war: Der strenge Meister hatte nichts von alledem bemerkt.

*

Pius Straub betrieb in Furtwangen das erste Fotoatelier in der Rabenstraße nahe beim Postamt, wo die Straße in Richtung Brend abbiegt und auf halbem Weg dort hinauf am Gasthaus „Goldener Raben" vorbeiführt.

Deshalb Rabenstraße.

Franz Woller ahnte wohl, dass er auf Grund seines schlechten Gesundheitszustandes es nicht erleben würde, seinen einzigen Sohn noch ins Erwachsenenalter zu begleiten.

Sich bei Pius Straub fotographisch portraitieren zu lassen, kostete zwar ein Vermögen. Doch Franz wollte unbedingt ein Foto von sich und seinem Sohn Franz Xaver besitzen.

Karline und Josefine hätten zwar auch gerne ein solches Foto mit ihrem Vater besessen oder noch besser sich ein Foto mit der gesamten

Familie gewünscht. Aber das war zu teuer, und sie empfanden es als normal, dass der Sohn dem Vater mehr wert war als sie.

Karline hätte sowieso keinen Grund gehabt, sich zu beklagen. Von ihr existierte schon lange ein Foto, das sie in ihrem Weißsonntagskleid zeigt und im damals neu eröffneten Atelier Pius Straub aufgenommen worden war.

Auf der Rückseite des kartonierten Fotos hatte der Fotografenmeister von Hand die Nr. 256 eingetragen. Darunter stand vorgedruckt zu lesen:

„Die Platte bleibt für Nachbestellungen aufbewahrt."

Doch weiter Nachbestellungen brauchte man nicht. Das eine Foto genügte.

An Josefines Weißem Sonntag drei Jahre später wurde sie ebenfalls von Pius Straub fotografiert. Sie trug dasselbe Kleid wie ihre Schwester, ebenso den weißen Schäppel, die Krone der Braut Christi.

Seither waren fast zehn Jahre vergangen. Konkordia musste bei Pius Straub einen Termin vereinbaren.

Franz machte sich zum genannten Termin, an einem Stock gehend, mühsam auf den Weg in Richtung Postamt. Sein Sohn begleitete ihn und passte sich mit jedem Schritt an das langsame Tempo seines Vaters an, das er als Schneckentempo empfand. Beide trugen ihre beste Sonntagskleidung, der Vater seinen dunklen Anzug mit dem Gilet, der Sohn ebenfalls mit Anzugsjacke zur passenden halblangen Hose.

Und was nun geschah, war für den kleinen Franz sehr aufregend.

„Guten Tag, Herr Woller", empfing sie der Mann in dem Geschäft, das sie betreten hatten.

„Setzt Euch auf den Stuhl da! Der Weg war bestimmt sehr anstrengend für Euch."

Franz nahm auf dem Stuhl Platz, der an der gegenüber liegenden Wand neben einem Tischchen stand, auf dem in einer weißen Vase Trockenblumen arrangiert waren. Ein Wandbehang dahinter simulierte die kunstvoll verzierten Säulen eines scheinbar hohen Gebäudes. Franz kam dieser Bildhintergrund bekannt vor, denn genau hier mussten auch die Fotos seiner großen Schwestern damals entstanden sein.

Der Fotograf holte zwei blütenweiße Hemdkragen, die er den beiden um den Hals legte, so dass die Enden jeweils unter der Jacke verschwanden. Dem Vater wurde eine schwarze Fliege, dem Sohn eine übergroße helle Schleife am Kragen befestigt. Sie sahen jetzt vor dem Wandbehang sehr vornehm und edel aus, als würden sie sich in einem Palast befinden.

Pius Straub probierte danach verschiedene Möglichkeiten aus, wie die Hüte, die beide seit dem Betreten des Ateliers in der Hand hielten, noch passend ins Bild gebracht werden könnten. Er entschied sich schließlich, dass der Vater seinen Hut auf das Tischchen vor der Blumenvase ablegen sollte, der Sohn behielt seinen in der linken Hand; denn seine rechte war hinter dem Rücken des Vaters verdeckt, nachdem er sich seitlich ganz dicht neben ihn stellen musste.

Jetzt versteckte Herr Straub seinen Kopf unter einem schwarzen Tuch hinter dem großen Fotokasten.

„So, ihr dürft euch jetzt nicht mehr bewegen, sonst wird das Foto verwackelt! Herr Woller, bitte schaut direkt in den Apparat! Und du, mein Bub, schaust auf meine linke Hand!"

Er hatte seinen linken Arm weit von sich gestreckt.

„Achtung!"

Franz Xaver gab sich Mühe, ganz still zu stehen und nicht zu zucken, und ein paar Sekunden später gab Herr Straub das Zeichen, dass die Prozedur vorbei sei.

Einige Tage später würde Konkordia das Bild in der Rabenstraße abholen.

In einem Rahmen bekam es in der Wohnstube einen Ehrenplatz neben den wenigen anderen Fotos auf der großen Kommode.

Franz Woller mit Sohn Franz Xaver

14

Später

Das erste Jahrzehnt des neuen Jahrhunderts war vergangen.

Franz Xaver hatte seine Lehre als Uhrmacher erfolgreich abgeschlossen und nun das Alter erreicht, um seinen Militärdienst abzuleisten.

Er diente als Grenadier im 8. Kompanie-Leib-Regiment 109.

Dieses Regiment war in Karlsruhe stationiert.

Seinem Vater ging es mittlerweile gesundheitlich immer schlechter. Die letzten beiden Jahre konnte er das Bett nicht mehr verlassen und war so zu einem Pflegefall geworden. Konkordia und Berhardine versorgten ihn, was nicht immer leicht fiel, denn der für seinen trockenen „Wälderhumor" bekannte Franz war nunmehr oftmals schwer zu ertragen.

„O wenn ich nur bald sterben könnte!", klagte er, wohl wissend, dass es für ihn keine Besserung mehr geben würde.

Einen Tag nach dem Palmsonntag, am 10. April 1911, wurde er endlich von seinem Leiden erlöst.

Konkordia musste ihren zweiten Ehemann beklagen.

Bernhardine stellte die beiden Totenlichter auf.

*

Das Rosenkranzgebet war beendet. Nachbarn und Freunde hatten die Stube verlassen und waren nach Hause gegangen. Es war spät geworden am diesem Abend. Die Nacht vor Franz' Beerdigung war angebrochen. Die Totenlichter brannten rechts und links neben der Bahre des Verstorbenen.

Bernhardine fiel es plötzlich ein, es war noch keine frische Milch im Hause. Mit der Milchkanne verließ sie durch den Hintereingang das Haus, um bei Familie Straub die tägliche Ration zu besorgen. Diese Hintertür führte über die Unterallmendstaße direkt zu dem bescheidenen Bauernhaus der Straubs. Die Familie betrieb eine kleine Landwirtschaft, und im Stall mussten zwei Kühe gemolken werden, die mehr Milch gaben, als es für den Eigenbedarf genügte. So kam Familie Woller immer abends in den Genuss der noch kuhwarmen Milch. Eigentlich gehörte das Milchholen zu den abendlichen Aufgaben der beiden Töchter. Doch heute wollte Bernhardine die beiden mit ihrer Mutter für eine Weile mit dem toten Vater alleine lassen.

Konkordia hatte auf diesen Augenblick gewartet.

„Ihr müsst mir ein Versprechen geben!", begann sie leise, aber mit bestimmter Stimme ihre wohl überlegten Worte.

„Ein Versprechen hier am Totenbett eures Vaters. Ihr dürft euch nie, gar nie entzweien. Bitte versprecht mir das! Ihr müsst Tag und Nacht beieinander bleiben, immer füreinander da sein. Dann seid ihr stark und niemand kann euch etwas Böses zufügen."

Karline und Josefine gaben ihr unter Tränen dieses gewünschte Versprechen.

Doch Josefine ahnte nicht, welche Konflikte   dadurch auf sie zukommen sollten.

Grenadier Franz Woller erhielt Sonderurlaub zur Beerdigung seines Vaters. Er fuhr mit der Eisenbahn von Karlsruhe über Offenburg, wo er in die Schwarzwaldbahn umsteigen musste, nach Triberg und von dort die letzten 14 Kilometer mit dem Postbus nach Hause.

So hatte der Tod des Vaters die Familie nach langer Zeit wieder einmal zusammengeführt.

Zwei Tage nach Franz' Tod berichtete „Der Schwarzwälder Bote":

„Furtwangen, 12. April. Heute wurde ein Mann zu Grabe getragen, der ein wahres Marterleben führen mußte, indem er schon 17 Jahre krank war und die letzten beiden Jahre nicht mehr auf dem Bette kam. Es ist Franz Woller, den nun der liebe Gott von seinem Leiden erlöste. Der Verstorbene war ein treues Mitglied des katholischen Arbeitervereins und hat auch, so lange es ihm halbwegs möglich war, stets seiner Wahlpflicht als Zentrumsmann genügt, obwohl er hierzu einer Beihilfe bedurfte, ein leuchtendes Beispiel für solche, die aus Bequemlichkeit oft zu Hause bleiben und dadurch die Reihen unserer politischen Gegner stärken. Möge ihm der liebe Gott das Fegefeuer, das er schon auf dieser Erde hatte, schenken und ihn in seine ewigen Wohnungen aufnehmen."

Und noch vor dem Osterfest, am Karsamstag, hatte Konkordia bereits die Danksagung in der gleichen Tageszeitung veröffentlicht:

Danksagung.

Für die uns erwiesene Teilnahme während der Krankheit und beim Tode unseres lieben, unvergeßlichen, nun in Gott ruhenden Gatten, Vaters, Großvaters, Schwiegervaters und Onkels

Franz Woller

sowie für die vielen Krankenbesuche und zahlreiche Leichenbegleitung, schönen Kranzspenden und Anwohnung an den Trauergottesdiensten sagen wir allen herzlichsten Dank.

Besonderen Dank der hochw. Geistlichkeit und den ehrwürdigen Krankenschwestern, sowie dem Katholischen Arbeiter-Verein.

Namens der trauernden Hinterbliebenen

Die Gattin: Konkordia Woller mit Kindern.

Furtwangen, 13. April 1911.

Franz Woller

117

Konkordia hatte auch ihren Sohn August aus erster Ehe sowie dessen Frau und die beiden Töchter Hilda und Anna durch die Erwähnung „Großvaters und Schwiegervaters" in der Danksagung berücksichtigt. Das Wort „Stiefvater", das richtigerweise für August zutreffend gewesen wäre, vermied sie.

*

Kurz vor dem Tod ihres Vaters verliebte sich Josefine in einen jungen Mann. Sie war bei einer Tanzveranstaltung im Gasthaus „Bad" zur Fasnacht. In Furtwangen nennt man diese närrische Zeit „Fasnet". Vor der vierzigtägigen österlichen Fastenzeit bedeutete das, noch einmal feiern zu dürfen, ausgelassen zu sein, fröhlich zu sein.

Josefine tanzte gern, Karline hingegen fand das schrecklich. Sie mochte Tanzen überhaupt nicht. Bei einer früheren Veranstaltung, zu der sie zusammen mit Josefine gegangen war, soll sie entsetzt den Tanzboden mit den Worten verlassen haben:

„Das ist ja, wie wenn zwei Guller aneinander hoch gehen!"

Sie hatte auch nie einen Freund. Nach wie vor wäre sie gerne in ein Kloster eingetreten.

Deshalb war Josefine an diesem Abend alleine unterwegs. In wenigen Tagen würde sie ihren 23. Geburtstag feiern. Der junge Mann, der sie unentwegt zum Tanzen aufforderte, hieß Karl Friedrich Holzmann. Vom Sehen kannten sich beide schon lange, schon seit ihrer Schulzeit.

Friedrich war ein Jahr älter und in der Klassenstufe über ihr gewesen.

Am Ende des letzten Tanzes fragte er Josefine, ob er sie nach Hause begleiten dürfe. Sie hatte diesen Abend sehr genossen und willigte freudig ein. Vom Gasthaus „Bad" bis zu Josefines Heimathaus waren es kaum 300 Meter, die sie händchenhaltend vorbei an der Uhrmacherschule über die Bregbrücke schlenderten.

Sie vereinbarten, dass sie sich bald wiedersehen wollten, und Karl Friedrich, den alle kurz Fritz nannten, gab ihr einen flüchtigen Kuss auf die Wange.

Josefine schlich sich ins Haus. Es war bereits nach Mitternacht, und alle schliefen schon. Sie öffnete vorsichtig die Kammertür, um ihre Schwester nicht zu wecken. Die Diele knarrte, und Karline erwachte. Sie hatte nicht tief geschlafen. Sie war es nicht gewohnt, alleine im Zimmer zu sein.

„Du kommst aber spät!", raunte sie vorwurfsvoll.

„Es war wunderschön. Du, ich glaube, ich habe mich verliebt", schwärmte Josefine.

„Schlaf jetzt!", antwortete ihre Schwester.

Sie war nicht begeistert von dieser Mitteilung.

Doch Josefine konnte in dieser Nacht noch lange nicht einschlafen. Das war alles zu aufregend!

Wer kann schon einschlafen mit Schmetterlingen im Bauch?

*

Fritz Holzmann hatte an diesem Abend den weiteren Heimweg. Er wohnte ebenfalls noch im Hause seiner Eltern am Ortsausgang Furtwangens in Richtung Triberg, im so genannten „Schützenbach". Sein Vater Ferdinand stammte aus Neukirch. Er arbeitete in der anderen großen Uhrenfabrik, die außer der „Baduf" in Furtwangen entstanden war. Unter dem Firmennamen „Union Clock" produzierte Jakob Fellheimer Großuhren in seinem Firmengebäude im „Schützenbach".

Ferdinand war kein Uhrmacher, er war als Heizer beschäftigt und deshalb rund um die Uhr für die Firma präsent. Dafür stand ihm eine Wohnung auf dem Fabrikgelände zur Verfügung.

Er war verheiratet mit Margarete Kern aus Schönwald. Fritz war ihr einziger Sohn. Sie hatten noch drei weitere Kinder, drei Mädchen, die jünger waren als Fritz: Wilhelmina, Frieda und Paula.

Nach der Schulzeit konnte Fritz in der „Union Clock" eine Lehre absolvieren. Er lernte den neuen Beruf des „Mechanikers", die moderne Weiterentwicklung des Uhrmachers. Das neue Arbeitsfeld umfasste auch Kenntnisse im Umgang mit der Elektrizität.

Vater Ferdinand war stolz auf seinen Sohn. Er würde es einmal besser haben und nicht nur Kohlen schippen und Schlacken aus dem Ofen entfernen müssen.

Josefine und Fritz trafen sich jetzt immer öfter, lernten sich besser kennen und lieben. Er erzählte ihr aus seinem Leben, dass er nach der Lehre seinen Militärdienst ableisten musste.

Fritz war stolz auf seinen Reservistenkrug mit den hübschen bunten Bildern von der Garnison in Straßburg, vom Soldatenleben im dunkelblauen Rock mit den goldenen Knöpfen, dem Portrait des Großherzogs. „Hoch lebe der Reservemann" lautete der Schriftzug auf dem Zinndeckel, und auf dem Krug zierten weitere Sprüche in Frakturschrift dieses Erinnerungsstück:

Wer Frankreichs Grenzen hat bewacht, hat als Soldat was mitgemacht.

Darunter deutlich größer und im Fettdruck:

Reservist Holzmann.

Erinnerung an meine Dienstzeit

9. Comp. 8. Württ. Inft. Rgt. № 126. Großh. Friedr. v. Baden Straßburg i. E. 1907 - 09.

Fritz schwärmte von dieser Zeit, als er zum ersten Male von zu Hause weg gewesen war und dass man erst nach seiner Militärzeit ein richtiger Mann geworden sei, und Josefine bewunderte ihn.

Karl Friedrich Holzmann („Fritz")

Doch mitten in diese glückliche Zeit war der Tod in das Haus der Familie Woller eingetreten. Josefine hatte es nicht mehr geschafft, Fritz ihrem schwerkranken Vater noch vorzustellen.

Der Winter war hartnäckig. Anfang Mai schneite es erneut kräftig. Die Kränze und Blumenbuketts auf Franz Wollers Grab wurden zugedeckt. Nur das Holzkreuz ragte hervor.

„So bleiben die Blumen noch eine Weile länger erhalten", bemerkte Konkordia, als sie mit Bernhardine nach dem späten Schneefall wieder auf dem Friedhof angekommen war.

Ein- bis zweimal in der Woche besuchte sie das Grab und betete für ihren verstorbenen Mann.

Aber auch der längste Winter hat in Furtwangen ein Ende. Das Frühjahr kam und bald danach auch der Sommer.

Josefine hatte ihren Liebsten in der Zwischenzeit der Familie vorgestellt. Man begegnete ihm freundlich, doch auch mit einem gewissen Argwohn in diesem reinen, sehr katholischen Frauenhaushalt. Konkordia beobachtete genau, dass Fritz Holzmann sich beim gemeinsamen Beten eher zurückhaltend verhielt. Vielleicht würde Josefine bald merken, dass er nicht der richtige Mann fürs Leben wäre.

Aber es sollte anders kommen.

Im Spätsommer bemerkte Josefine, dass ihre Monatsblutung ausblieb. Sie traute sich nicht, mit ihrer Mutter darüber zu sprechen und Karline, mit der sie, seit sie sich erinnern konnte, am vertrautesten gewesen war, wollte sie sich auch nicht anvertrauen. Sie mochte ihren Fritz am wenigsten leiden.

Sie nahm allen Mut zusammen und offenbarte sich Bernhardine.

„Ihr werdet wohl noch dieses Jahr heiraten müssen, noch ehe man sieht, dass du ein Bäuchlein bekommst", riet sie Josefine und bot sich an, bei nächster Gelegenheit ihre Schwester Konkordia und auch Karline vorsichtig auf das, was kommt, vorzubereiten.

Fritz' Eltern hingegen freuten sich, dass ihr Sohn mit Josefine den Bund fürs Leben schließen würde und sie bald Großeltern sein würden.

Nach dem Totensonntag, kurz vor der beginnenden Adventszeit, heirateten Karl Friedrich Holzmann und Josefine Woller.

Ein weißes Brautkleid zu tragen, war ihr nicht mehr erlaubt, nur ein weißer Schleier. Sie trug ein schwarzes hochgeschlossenes Kleid. Auf dem Hochzeitsfoto verdeckte sie ihr Bäuchlein mit dem Brautstrauß.

Konkordia überließ den beiden die Schlafkammer über der Wohnstube und schlief fortan im bisherigen Schlafzimmer der beiden Töchter, das Karline räumen musste.

Für sie blieb die ganz kleine Schlafkammer übrig, die an das eheliche Schlafzimmer angrenzte. Der Durchgang konnte lediglich durch einen schweren roten Vorhang geschlossen werden.

Josefine und Karl Friedrich Holzmann

*

Das neue Jahr brachte nach wenigen Wochen eine Katastrophe, die der Euphorie der Zeit einen großen Dämpfer verpasste.

Auf ihrer Jungfernfahrt kollidierte die „Titanic" am 14. April 1912 gegen 23:40 Uhr etwa 300 Seemeilen südöstlich von Neufundland seitlich mit einem Eisberg und sank zwei Stunden und 40 Minuten später. Als stählerner Titan galt sie als unsinkbar.

Doch *„Tand, Tand, ist das Gebilde von Menschenhand!"*, hatte Fontane bereits dreißig Jahre früher in der Ballade „Die Brück' am Tay" seine Mahnung vor der technikgläubigen Hybris des Menschen zutreffend formuliert.

Obwohl für die Evakuierung mehr als zwei Stunden Zeit zur Verfügung standen, kamen 1514 der über 2200 an Bord befindlichen Personen ums Leben. Es gab zu wenige Rettungsboote an Bord, und die Unerfahrenheit der Besatzung im Umgang mit diesen war der Grund, weshalb nicht mehr Menschen gerettet werden konnten.

Zwei Wochen nach diesem furchtbaren Ereignis brachte Josefine ihr Kind zur Welt. Es war eine Tochter: Hulda.

Fritz hatte sich einen Sohn gewünscht, stattdessen wurde mit Hulda der weibliche Anteil in der Familie noch größer.

Konkordia freute sich sehr über dieses Enkelkind im Hause. Ihre beiden Enkelinnen Anna und Hilda in Karlsruhe, die Töchter ihres Sohnes aus erster Ehe, waren inzwischen schon junge Frauen geworden. Aber Karlsruhe war zu weit entfernt, um diese öfter zu sehen!

Franz Woller war es nicht vergönnt, Großvater zu werden. Dazu hätte er mindestens noch ein Jahr länger leben müssen.

15

Photographie vor dem „Lutze-Hus"

„Hallo, der Fotograf ist da!", scholl es laut durch das Treppenhaus.

„Kommt doch alle mal vor die Türe, ich möchte euch gerne fotografieren!"

Es war Sonntag nach der Mittagszeit, als ein fahrender Fotograf die Haustüre zur Unterallmendstraße 14 öffnete und laut durch das Treppenhaus die Bewohner aufforderte herauszukommen.

Diese waren es gewohnt, dass hin und wieder jemand von unten hineinrief, denn einzelne Türklingeln für die Stockwerke gab es damals noch nicht.

So kamen Lumpen- und Alteisensammler vorbei, Scheren- und Messerschleifer, die auf diese Art Altmaterialien einsammeln oder mit dem Messerschleifen schnelles Geld verdienen wollten. Es empfahl sich, denen misstrauisch zu begegnen. Doch wenn gleich alle Hausbewohner angesprochen waren, schwand dieses Misstrauen. Als Hausgemeinschaft war man stark.

Und nach und nach kamen sie alle aus der Türe.

„Ich komme von weit her und bin auf der Durchreise. Ich mache ein Foto von euch allen, hier vor dem Haus. Das kostet nichts! Das mache ich gratis. Da habt ihr einmal eine schöne Erinnerung. Wenn euch die Fotografie gefällt, mache ich davon Postkarten. Die könnt ihr verschicken, wohin ihr wollt."

Es war kurz nach Neujahr. Der Boden war schneebedeckt, aber große Mengen Schnee hatte es noch nicht gegeben. Der fiel meistens erst im Februar. Die Mittagssonne schien vom wolkenlosen Himmel, und es herrschte eine angenehme Temperatur knapp über dem Gefrierpunkt.

Dies waren günstige Voraussetzungen für den fahrenden Fotografen.

Konkordia war als erste die steile Treppe hinunter gegangen, gefolgt von Karline, die die kleine Hulda auf dem Arm mitgenommen hatte und schließlich Josefine. Beide Töchter trugen die blütenweißen Kittelschürzen, die an Sonntagen zur Küchenarbeit vorbehalten waren. Konkordia trug zum Schutz ihrer Sonntagskleidung eine graue Schürze, die in Taillenhöhe geschnürt war. Josefine hatte der kleinen Hulda das weiße Mützchen aufgesetzt und rasch noch den weißen Kragen umgelegt. Sie sah damit noch einmal genauso aus wie bei ihrer Taufe vor neun Monaten.

„Kommt alle hier auf die andere Seite", befahl der Fremde mit dem großen Fotokasten, „hier habe ich mehr Sonnenlicht für das Foto!"

Er postierte die Frauen und Kinder vor der großen Giebelwand an der Südseite des „Lutze-Hus", Konkordia ganz links, daneben Karline mit Hulda auf dem Arm und rechts davon Josefine. Die übrigen Frauen und Kinder folgten. Ein Mädchen hatte seinen Holzschlitten noch mitgebracht und in den Vordergrund gestellt.

Der Fotograf entfernte sich ein Stück weiter und entschied sich, jenseits vom „Kodderbächle" das Foto aufzunehmen, damit die hohe Giebelwand und die gesamte Breite des Hauses mit auf das Bild kämen.

Gerade als er den Apparat auslösen wollte, kam noch ein letzter Bewohner aus dem Haus geschlurft. Es war der alte Herr Kammerer aus dem 3. Stock, der sich beinahe zu spät entschieden hatte, auch noch auf das Bild zu kommen. Er stellte sich direkt neben Konkordia, ohne darüber nachzudenken, dass er beim Betrachter des Fotos später einmal als deren Ehemann vermutet werden könnte. Konkordia wirkte diesem Eindruck entgegen, indem sie sich ganz eng an ihre Tochter Karline anschmiegte.

Ganz oben im 3. Stock verfolgte der Enkel von Herrn Kammerer aus einem Fenster das ganze Spektakel. Er hatte alledem keine große Bedeutung zugemessen.

Am Tag darauf kam der Fotograf wieder und ging dieses Mal gezielt die Treppe hinauf und klopfte an die Türen der Wohnstuben.

Er brachte Fotos mit, das Ergebnis seiner Arbeit vom Vortag. Er war mit der Qualität zufrieden und war sich sicher, dass er ein paar Fotos verkaufen würde.

Das Bild war im Postkartenformat vergrößert. Auf der Rückseite waren bereits die Linien für das Adressfeld vorgezeichnet. Ganz am Rand war in kleinen Buchstaben zu lesen:

Photographenmeister R. Hoffmann, Dresden – A.I., Markgrafenstraße 4

Konkordia kaufte sich ein Stück, und Josefine erwarb ebenfalls ein Exemplar. Diese Postkarte würde sie ihrem Bruder Franz in die Garnison nach Karlsruhe schicken.

Photographie vor dem „Lutze-Hus"

*

In der Woche danach erkrankte Konkordia schwer. Sie hatte hohes Fieber und starken Husten und musste das Bett hüten. Sie war nun einmal 65 Jahre alt. In diesem Alter steckt man eine Grippe nicht mehr so leicht weg. Die Angst vor einer möglichen Lungenentzündung war groß. Doch ihre Töchter kümmerten sich um sie, kochten ihr heißen Tee und Suppe, um sie bald wieder gesund zu sehen.

In diesen Tagen setzte sich Josefine an den Tisch in der Wohnstube und nahm die Postkarte zur Hand, die zwischenzeitlich auf der Kommode, angelehnt an die Fotorahmen dort, bereit gestellt war. Sie hatte die kleine Hulda ins Bett gebracht, ihr noch ein Schlaflied vorgesungen und hatte nun Zeit für sich. Sie genoss es, dass über dem Tisch eine Lampe mit elektrischem Licht angebracht war. Fritz, der in der Firma „Union Clock" bereits mit der neuartigen Elektrizität vertraut war, hatte die Leitungen im Haus selbst gelegt. Über einen Drehschalter neben der Tür konnte man das Licht ein- und ausschalten. Er hatte ihr erklärt, dass 110 Volt durch diese Leitung flössen. Nach und nach hatte Fritz auch die übrigen Räume im Haus mit Strom versorgt. Das uralte „Lutze-Hus" hatte eine nie gekannte Modernisierung erfahren.

Josefine war im Briefeschreiben nicht sehr geübt. Ihre Mutter und auch Karline konnten das besser. Doch sie hatte sich vorgenommen, heute Abend ihrem Bruder zu schreiben.

Sie begann damit, das Adressfeld auf der Fotokarte in ihrer schönsten Schrift auszufüllen:

Grenadier
Woller
8. Komp. Rgt. No. 109
Karlsruhe
Baden

Danach drehte sie die Karte gegen den Uhrzeigersinn und schrieb nun deutlich kleiner und mit enger Sütterlinschrift die folgende Nachricht:

Furtwangen, den 2. Februar 1913

Lieber Bruder,

will Dir nur eine Karte schicken mit Ansicht. Die Mutter ist auch darauf. Dort war sie noch gesund, aber jetzt ist sie arg krank. Du solltest auch immer wieder einmal etwas von die höhren [sic!] lassen. Sie bekümmert sich sehr viel um Dich und denkt Du könntest Deine kranke Mutter ganz vergessen. Sie kann dies fast gar nicht ertragen. Sonst weiß ich nichts mehr zu schreiben.

Die beiden letzten Zeilen gerieten aus Platzmangel immer kleiner und unleserlicher.

Dann trocknete sie die Tinte mit einem Löschblatt, damit die Schrift nicht verschmiert und drehte die Karte um.

Unter dem Foto der Hausbewohner vor dem „Lutze-Hus" war noch ein weißer Rand frei. Auf diesen schrieb sie ihre Grußworte:

Es grüßt Dich Deine Schwester
Josefine
Gruß von Mutter, Karoline
auch von Fritz.

Josefine ahnte nicht, dass sie ihren Bruder nie mehr wiedersehen würde.

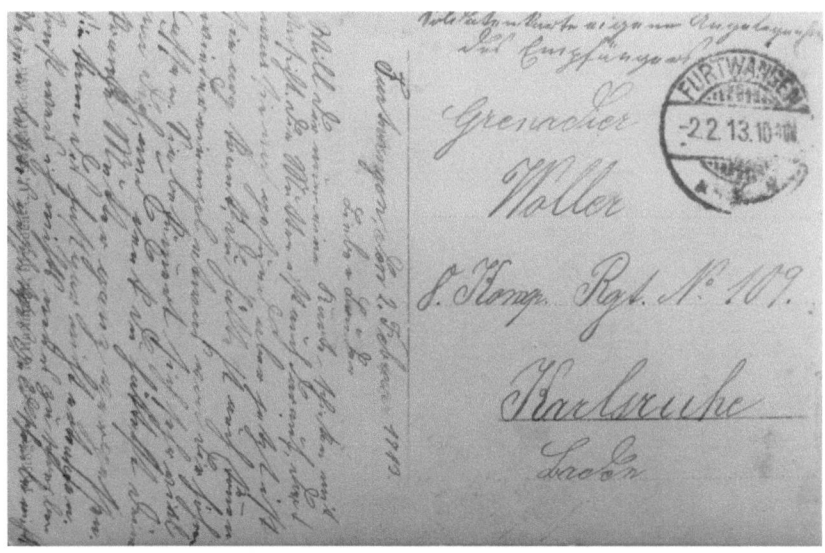

Postkarte von Josefine an ihren Bruder Franz

Auf der Rückseite das Foto vom „Lutze-Hus"

16

Krieg

„Unter einen Glassturz", sagte Franz Ferdinand, „lasse ich mich nicht stellen. In Lebensgefahr sind wir immer. Man muss nur auf Gott vertrauen."

Als Erzherzog war er der Thronfolger der Habsburgischen Donaumonarchie. Zusammen mit seiner Frau Sophie begab er sich von einem Treffen mit dem deutschen Kaiser Wilhelm II. auf seinem Landsitz Schloss Konopitsch in Böhmen nach Sarajewo, um dem Abschluss der Manöver der k. u. k. Korps in Bosnien beizuwohnen.

Der Besuch wurde auf den 28. Juni 1914 festgelegt.

Es hatte Warnungen gegeben, denen er fatalerweise kein Gehör schenkte.

Bereits früher war es in Sarajevo zu Attentaten gekommen. Der Student Bogdan Žerajić hatte 1910 ein Attentat auf Kaiser Franz Joseph geplant, aufgrund des hohen Alters des Monarchen jedoch davon Abstand genommen. Stattdessen schoss er am 15. Juni 1910 bei der Eröffnung des bosnisch-herzegowinischen Landtags auf den bosnischen Gouverneur, General Marijan Freiherr Varesanin von Vares, verfehlte ihn aber, woraufhin er sich mit einem Kopfschuss selbst tötete.

Trotz dieser Vorwarnungen ließ sich Franz Ferdinand nicht von der Fahrt nach Sarajevo abhalten. Niemand rechnete mit einer echten Gefahr. Deshalb fielen die Sicherheitsvorkehrungen entsprechend gering aus. Der Zeitplan und die Fahrtroute wurden Wochen vor dem Besuch in den Zeitungen öffentlich bekanntgegeben.

Ein anderer junger Student, Gavrilo Princip, hatte am Grab seines Kommilitonen Bogdan Žerajić feierlich geschworen, ihn zu rächen.

Der Attentäter Žerajić wurde sein Vorbild. Princip war Mitglied der serbisch-nationalistischen Bewegung Mlada Bosna (Junges Bosnien). Bereits vor dem 28. Juni war er nach Sarajewo gereist mit der Absicht, den österreichischen Thronfolger zu töten. Er wurde zum Vollstrecker eines Attentats auf Franz Ferdinand, das von der serbischen Geheimgesellschaft „Schwarze Hand" geplant war.

Der 28. Juni war ein sehr schöner Sommertag. Viele Menschen waren gekommen und säumten die Straßen, um dem Erzherzog und seiner Frau auf deren Fahrt durch Sarajewo zuzujubeln.

Gavrilo Princip tauchte in der Menge unter, setzte sich an einen Tisch des Kaffeehauses Moritz Schiller. Dort an der Ecke, wo die Lateinerbrücke über den Fluss Miljacka führt, trank er einen Kaffee und wartete auf das Eintreffen der Wagenkolonne. Für ihn war klar, dass dies auch die letzten Minuten seines Lebens sein würden. Um seiner sofortiger Verhaftung zu entgehen, würde er die Zyankalikapsel schlucken. Er wollte als Märtyrer in die Geschichte eingehen.

Dann war es soweit.

Zu seiner großen Überraschung sah Princip, wie der Wagen mit dem Erzherzog vor dem Kaffeehaus kurz anhielt. Er stand auf, trat auf die Straße, zog seine Pistole und schoss aus wenigen Metern Entfernung zweimal auf Franz Ferdinand und seine Frau.

Das erste Projektil durchschlug die Fahrzeugwand, wobei sich das Geschoss verformte, scharfkantig wurde und sich zu drehen begann. Danach traf es Sophie in den Unterleib und fügte ihr dort eine Reihe von Verletzungen zu, an denen sie innerhalb kürzester Zeit, noch im Wagen selbst, innerlich verblutete.

Als Franz Ferdinand merkte, dass seine Frau getroffen worden war, rief er:

„Sopherl! Sopherl! Stirb nicht! Bleib am Leben für unsere Kinder!"

Unmittelbar danach fiel der zweite Schuss, der Franz Ferdinand in den Hals traf, seine Halsvene zerriss und seine Luftröhre verletzte. Der zum Schutz auf dem linken Trittbrett stehende Graf Harrach drehte sich um, packte den Thronfolger an der Schulter und rief:

„Majestät, was ist Euch?", woraufhin Franz Ferdinand röchelnd erwiderte:

„Es ist nichts ..." und einen Moment später das Bewusstsein verlor.

Der Thronfolger blutete nun nicht nur aus der Einschusswunde selbst, sondern vor allem durch die verletzte Luftröhre und aus der Halsvene.

Jetzt schluckte Princip sein Zyankali, erbrach es aber gleich wieder, woraufhin er sich mit der Pistole zu erschießen versuchte. Diese wurde ihm jedoch aus der Hand gerissen, und die wütende Menge wollte ihn lynchen. Während Princip sofort von Gendarmen verhaftet, mit Säbelknäufen geschlagen und abgeführt wurde, drehte der Fahrer um und fuhr schnell zum Konak, der Residenz des habsburgischen Gouverneurs für Bosnien und Herzegowina, zurück.

Dort bemühten sich rasch herangeholte Ersthelfer hektisch, das Leben des Thronfolgers zu retten, schnitten an mehreren Stellen seine Uniform auf in dem verzweifelten Bemühen, den Blutstrom zu stillen, was jedoch nicht gelang. Franz Ferdinand erlag kurz darauf im Konak seinen Verletzungen.

Princip sagte später aus, dass er Sophie gar nicht habe treffen wollen, die Schüsse hätten Franz Ferdinand und dem Gouverneur gegolten.

Sein Mord an dem Thronfolger und dessen Gemahlin löste die Julikrise aus, die schließlich zum Ersten Weltkrieg führte.

Sieben Jahre vor dem Attentat von Sarajewo hatten das Vereinigte Königreich England, Frankreich und Russland die „Triple Entente" gegründet. Deutschland fühlte sich von seinen Gegnern zunehmend eingekreist.

Vor allem der Generalstab sah eine existentielle militärische Bedrohung und ging fest davon aus, dass die Aufrüstung von Russland und Frankreich dazu dienen sollte, ungefähr 1916 einen Krieg vom Zaun zu brechen. Zu diesem Zeitpunkt glaubte Generalstabschef Moltke, einen Krieg nicht mehr gewinnen zu können. Dem musste man zuvor kommen. Deshalb drängte er bereits seit 1908 auf einen Präventivkrieg zu einem früheren Zeitpunkt. Der „Triple Entente" standen die so genannten Mittelmächte entgegen: Deutsches Reich, Österreich-Ungarn, das Osmanische Reich und Bulgarien.

Das Attentat auf den Thronfolger war also niemals die Ursache für den großen Weltkrieg, aber dessen Anlass, auf den manche schon lange gewartet hatten. Er begann am 28. Juli 1914 mit der Kriegserklärung Österreich-Ungarns an Serbien.

*

„Soldaten, wir ziehen in den Krieg!", verkündete der Bataillonskommandeur am 2. August dem auf dem Exerzierplatz in Karlsruhe angetretenen 8. Großherzoglich - Badischen Leibregiment Nr. 109.

Franz Xaver Woller war einer unter ihnen. Er hatte diesen Tag befürchtet. Er war im Februar 24 Jahre alt geworden, war eher musisch als militärisch gesinnt und hatte gehofft, vor einem solchen verhängnisvollen Tag wieder nach Hause zu kommen und als Elektromechaniker in der „Baduf" zu arbeiten. Er war wie sein Schwager Karl Friedrich ein moderner Uhrmacher geworden, ein Elektromechaniker.

Die Hauptaufgabe der badischen Soldaten bestand zunächst darin, die Westgrenze nach Frankreich zu sichern. Seit dem Deutsch-Französischen Krieg 1870/71 gehörten die linksrheinischen Gebiete Elsass und Lothringen wieder zum Deutschen Kaiserreich, und es galt,

„den Franzos" in den Vogesen und bei Nancy-Epinal zurück zu drängen.

Für den weiteren Kriegsverlauf hatte der Große Generalstab im Deutschen Kaiserreich einen anderen strategischen Plan schon lange in der Schublade: den Schlieffenplan.

Dieser sah für den Fall eines Zweifrontenkrieges vor, zunächst die Masse des deutschen Heeres im Westen gegen Frankreich einzusetzen, mit dem Nordflügel die französischen Befestigungen zu umgehen, in Paris einzumarschieren und später das französische Heer im Rücken zu fassen. Nach einem Sieg über Frankreich innerhalb weniger Wochen sollten die Truppen nach Osten verlegt werden, um gegen Russland vorzugehen. Schlieffens Absicht war, so den Krieg gegen Frankreich und Russland in zwei aufeinander folgende Feldzüge aufzuteilen. General von Schlieffen empfand diesen Plan als sinnvoll, da das Russische Zarenreich als eindeutig gefährlicher als Frankreich eingeschätzt wurde. Russland war in den letzten Jahrzehnten dabei, die eigenen Zugverbindungen auszubauen und das Heer besser auszustatten, was Deutschlands Ziele, eine Weltmacht zu werden, vereiteln könnte.

Innerhalb weniger Wochen zogen die badischen Soldaten durch die Vogesen, über Lothringen und Flandern, bis nach Arras und Lille in Nordfrankreich.

Der deutsche Angriff auf das neutrale Belgien, das dem Durchmarsch deutscher Truppen nach Frankreich nicht zugestimmt hatte, war Anlass für den Kriegseintritt Großbritanniens.

Einer von Franz' Kameraden der Badischen Leibgrenadiere, der auch diesen Feldzug mitmachte, hieß Richard Volderauer. Er war ein so genannter „April-Einjähriger". Beruflich arbeitete er als Zeitungsredakteur und er war ein Redaktionsmitglied der „Karlsruher Nachrichten".

„Ich werde euch immer wieder per Feldpost Berichte von unserem mutigen Kampf zuschicken", hatte er der Redaktion vor seinem Weggang versprochen, „so können unsere Leser aus erster Hand erfahren, was sich an der Westfront ereignet."

Und am Samstag, dem 5. September, erschien einer seiner Berichte mir der Überschrift „Ruhetage der Badischen Leibgrenadiere in Feindesland".

In seinen Berichten verzichtete er bewusst auf genaue Ortsangaben.

Eine Woche später signalisierte seine Überschrift „Schwere Tage der Badischen Leibgrenadiere", dass der Frankreichfeldzug keinesfalls nur ein beschaulicher Spaziergang war.

Im Gegenteil, ein erbitterter Krieg hatte sich entwickelt.

August Schultis las zu Hause in Karlsruhe diese Zeitungsberichte mit großem Interesse, schnitt sie anschließend mit der Schere aus und schickte sie seiner Mutter Konkordia nach Furtwangen.

Ob das eine gute Idee war? Der folgende Bericht wird sie alles andere als beruhigt haben. Er bereitete ihr schlaflose Nächte:

„Wir haben sechs schreckliche Tage hinter uns! Ich will kurz darüber berichten. Wir lagen Tag und Nacht im Walde und wurden immer Tag und Nacht mit feindlichem Granatfeuer überschüttet. Wenn die pfeifenden Dinger rechts und links, vorne und hinter uns einschlagen, so glaubt man, sein Ende sei gekommen. Und doch, wie hält Gott seine schützende Hand über so viele!
…

Wenn man sechs Tage an ein und demselben Platz liegt und sich nicht bewegen darf, so beginnen alle Glieder zu schmerzen. Kaum Wasser hat man zu trinken und das, was man hat, ist schlecht. Da lernt man harte Brotkrumen, die man 14 Tage in der Tasche nachträgt, schätzen und schleckt darnach [sic!] wie nach einer Delikatesse…

Der Dienstag ……… der fünfte Tag in dieser Stellung, ist wieder ein Tag kritischer Art. Am Morgen haben wir etwas Ruhe, aber dann fängt ein Granatfeuer an, daß man glaubt, die Hölle habe ihre Pforten geöffnet und sämtliche existierenden feuerspeiendenden Berge ergössen sich auf unsere Häupter. Der Tag ist fürchterlich. Am Abend ist die Feldküche wieder einmal in der Nähe unserer Stellung und seit langer Zeit erhält jede Gruppe ein Kochgeschirr voll mit Wein. Von den von der Feldküche zurückkommenden Kameraden erfährt man wieder, was der Tag Opfer gefordert hat. Da ist wieder so viel Tragik dabei! So wurden zwei April-Einjährige durch Granaten getötet. Einer, ein lieber Kamerad, hatte seinen Hauptmann aus dem Feuer getragen und war am selben Tage, an dem ihn die Granate traf, zum Unteroffizier befördert worden (hatte also Gefreitenrang übersprungen). Er konnte sich seiner Auszeichnung nicht lange erfreuen…

Mittwoch………… Auch heute lassen die Granaten nicht lange auf sich warten. Am Nachmittag, die Uhr zeigt ½ 2 Uhr, wird im Hintergrund die Stimme unseres Bataillonskommandanten hörbar. Wir Soldaten hängen an unserem Major wie ein Kind an seinem Vater und wenn er unter uns erscheint, so sind alle Sorgen weg, da herrscht nur Sonnenschein. So auch heute. Von weitem ruft er schon: ‚Kinder, heute werden wir aus diesem Loch abgelöst!‘

Ich habe seit dem Morgen starkes Fieber, Kopfschmerzen und Herzklopfen. Ein Schächtelchen Gänseleberpastete, heute mit der Feldpost eingetroffen, bringt mich wieder etwas hoch. Ich liege mit einem Einjährigen, einem treuen Kameraden, nebeneinander; wir lesen uns gegenseitig die Briefe aus unserer Vaterstadt Karlsruhe vor. Da ist auch eine Ansichtskarte von unserem letzten Regimentsappell in Gegenwart des Großherzogs auf dem Exerzierplatz und wem zieht es beim Anblick nicht wehmutsvoll durchs Herz? Wie viele Kameraden, die auf diesem Bilde sind, blieben auf dem Schlachtfelde und hatten den schönsten und ehrenwertesten Tod, den Tod fürs Vaterland!

Derlei sind unsere Gedanken, aber da fallen auch schon 20 Meter vor unserer Stellung die Granaten wieder ein. Wie die Feldmäuse springt alles in Deckung. Mein Freund und ich liegen, nur durch Tornister gedeckt, neben einander. Ich rufe ihm zu: ‚Jetzt sind wir dran. Nun hat unser letztes Stündlein geschlagen.‘ Er nickt nur zustimmend und schaut mich fragend an. Ja, über die nächsten Minuten kann ich auch keine Auskunft geben. Die Granaten kommen immer näher. Sie schlagen ganz nahe bei uns ein.

Ueber [sic!] uns fliegen die Erdstücke. Wir werden fast überschüttet und das Gesicht in die Erde gesteckt, erwarten wir unser Ende. Hinter uns schlägt so ein Teufelsgeschoß in die Gewehrpyramiden und zerschmettert ein Gewehr. Die Franzosen, die direkt unsere Stellung beschießen, glauben, wir fliehen und verfolgen uns mit den Granaten. Aber damit haben sie wenig Glück. Kein badischer Leibgrenadier hat trotz des heftigsten Granatfeuers seinen Platz in der Stellung verlassen und ist vor den Granaten zurückgesprungen. Jeder harrt auf dem ihm angewiesenen Posten aus.

Die Uhr zeigt 3 Uhr 40 Minuten und da haben wir wieder etwas Ruhe. Es waren die schrecklichsten zehn Minuten unseres Lebens! Jeder schaut nach seinem Nebenmann, ob er noch lebt oder auch noch alle Glieder hat. Glücklicherweise ist von der Kompanie niemand verletzt worden. Da ist wirklich ein Wunder geschehen und Gottes Hand war schützend über uns. Während wir noch nicht recht in der Höhe sind, kommt der vor dem Wald liegende Tambour herunter. Der arme Kerl jammert und schleppt sich mühsam vorwärts. Der linke Arm ist ihm vollständig abgerissen worden. Der Anblick dieses armen braven Leibgrenadiers treibt einem die Tränen in die Augen..."

Dass Konkordia und auch die übrige Familie nachts unruhig schliefen, verwundert nach einer solchen Zeitungslektüre nicht!

Richard Volderauer beendete seinen Bericht aber wieder mit positiv klingenden Botschaften:

„Unser Oberst reitet vorbei und ruft: ‚Guten Morgen, Kompanie, ihr habt Eure Sache famos gemacht. Ihr habt Euch ausgezeichnet über die Tage gehalten. Ich bin stolz, Euch Leibgrenadiere führen zu dürfen.'

Kameradschaftlich wurde uns überall Wasser zum Trinken gereicht und 3 Kilometer vor unserem Ruheort stand die Regimentskapelle, die besonders zu unserem Empfang befohlen war. Bei den Klängen deutscher Militärmusik hoben sich die müden Beine wieder wie elektrisiert und munter zogen wir die Landstraße dahin.“

*

Am 15. Oktober kam es zur Schlacht bei Lille, die sieben Tage dauern würde.

Militärtechnisch kennzeichnete den Ersten Weltkrieg der Einsatz schwerer Maschinengewehre und großkalibriger Artillerie. In allen früheren Kriegen kannte man solch verheerende Waffen noch nicht. Häufig waren die Körper der Toten aufgrund von Granatexplosionen so sehr zerstückelt, dass man Körperteile nicht mehr eindeutig den Personen zuordnen konnte.

17

Vermelles in Nordfrankreich, 21. Oktober 1914

Franz Xaver Woller war müde und erschöpft von den langen Fußmärschen. Die Nächte waren jetzt Ende Oktober schon empfindlich kalt. Der nächtliche Schlaf im Feldbett genügte nicht, um sich für den nächsten Morgen wieder zu erholen.

Das 8. Großherzoglich-Badische Leibregiment Nr. 109 war weiter südwestlich etwa 35 Kilometer von Lille entfernt in der kleinen Stadt Vermelles an der vordersten Front. Seit sechs Tagen kämpften die jungen badischen Soldaten zusammen mit einem bayerischen Regiment erbittert gegen die immer stärker werdenden Franzosen.

Mehrere deutsche Regimenter hatten sich in Nordfrankreich zum gemeinsamen Kampf vereint.

Die Truppen gruben sich mehr und mehr ein. Über eine Länge von 700 Kilometern, von der Schweizer Grenze bis zur belgischen Kanalküste, zogen sich die Schützengräben. Oft waren sie nur wenige Dutzend Meter voneinander entfernt.

Die Front bestand aber nicht nur aus Gräben und Stellungen. Bis weit ins Hinterland reichten die Einrichtungen zur Versorgung wie etwa die Feldküchen, Bäckereien, Pferdeställe und Fuhrparks, Munitionsdepots und Waffenarsenale und das Feldlazarett.

Die Verlagerung der Front bedeutete immer wieder, dass die Soldaten ihre im wahrsten Sinnen des Wortes „schützenden" Gräben verlassen mussten. Für den Fall eines feindlichen Angriffs galt es dann, Schutz in den Häusern zu suchen. Die zivile Bevölkerung war unbewaffnet und ergab sich den fremden Soldaten, die ihr Dorf oder ihre Stadt eingenommen hatten.

Es war um die Mittagszeit, als unvermittelt ein heftiges Granatfeuer der Franzosen losbrach.

„Komm mit, Franz, schnell!", rief einer aus der Gruppe der bayerischen Kameraden, „hier drinnen sind wir sicher!"

Mit vorgehaltener Waffe drangen zehn Bayern in das nächst liegende Haus ein und verschanzten sich dort im Keller. Sie nahmen an, dass die Franzosen niemals auf die Häuser ihrer Landsleute schießen würden.

Franz wollte zunächst mitkommen, zögerte dann doch im letzten Moment und zog es vor, im Garten neben dem Haus hinter einer niedrigen Steinmauer in Deckung zu gehen. Er legte sich flach auf den Boden. Die Granateneinschläge hörten nicht auf, sie kamen immer näher. Er schloss die Augen, hielt sich die Ohren zu und wartete, wartete...

Nach einer gefühlten Ewigkeit hörten die Einschläge plötzlich auf.

Franz bemerkte entsetzt, dass das Haus getroffen worden war. Der Eingangsbereich war eingestürzt. Seine Kameraden saßen in der Falle.

Er begann sofort, mit seinen bloßen Händen den Eingang frei zu legen, um den Verschütteten zu Hilfe zu kommen.

*

Franz war ebenso wie seine beiden älteren Schwestern von ihrer Mutter Konkordia so erzogen worden, dass man sich in schwierigen Lagen immer an die Mutter Gottes wenden sollte. Seit sie Karlsruhe im August verlassen hatten, betete er schon einige Male sein „Gegrüßet seist du Maria", wenn er dem Tod begegnet war, wenn er mit ansehen musste, wie neben ihm Kameraden von Granaten oder Kugeln getroffen worden waren. Doch in den letzten Tagen hatte er das Beten verlernt. „Wie kann der Liebe Gott so etwas zulassen?", fragte er sich abends vor dem Einschlafen.

Weihnachten wollten sie wieder zu Hause sein, doch sie entfernten sich täglich weiter von daheim, und es zeigte sich, dass der Krieg gegen die Franzosen kein „Blitzkrieg" mehr sein würde, nachdem die Engländer von der Nordsee her ihnen zur Hilfe gekommen waren.

In Furtwangen wusste die Familie Woller, dass ihr Franz irgendwo in Nordfrankreich sein musste.

Alle gemeinsamen täglichen Gebete endeten mit den Worten: „Lieber Gott, mach dass unser Franz wieder unversehrt nach Hause kommt. Heilige Maria, Mutter Gottes, beschütze ihn! Amen."

Immer um die Mittagszeit, wenn der Postbote am Hause in der Unterallmend vorbeikam, rechnete Konkordia mit dem Schlimmsten, und ihre Befürchtungen bewahrheiteten sich kurz vor Allerheiligen.

Sie erhielt die Mitteilung, dass ihr Sohn Franz Xaver im Kampf für sein Vaterland sein Leben lassen musste.

Sie hatte es stets geahnt.

Am 2. November erschien im Schwarzwälder Boten folgende Nachricht:

Franz Woller

Schon wieder hat der gewaltige Schnitter Tod ein junges Menschenleben hingemäht.

Am 21. V. Mts. ist Franz Woller von hier, der beim Grenadierregiment diente, auf dem Felde der Ehre gefallen. Wer dem braven, talentvollen und lebensfreudigen jungen Manne im Leben näher gestanden ist, wird der betagten Mutter und deren Angehörigen aufrichtige Teilnahme und herzliches Mitgefühl entgegenbringen. Der liebe Verstorbene war auch Mitglied des kath. Gesellenvereins und langjähriger Sänger im kath. Kirchenchor. In beiden Vereinen hat er in selbstloser Weise sein Können in den Dienst unserer Sache gestellt und aufs herzlichste bedauern wir den Verlust des lieben, allzeit gefälligen Mitgliedes. Möge der Gefallene sanft ruhen in fremder Erde; wir werden ihm stets ein dankbares, ehrendes Gedenken bewahren.

Die genaueren Umstände seines Todes erfuhr Konkordia erst nach Weihnachten.

Franz wurde posthum das Bayerische Militärverdienstkreuz 3. Klasse verliehen. König Ludwig III. ehrte ihn für seine heldenhafte Tat. Er „errettete einige bayerische Kameraden unter Einsetzung seines eigenen Lebens vom sicheren Tode."

Nun wusste Konkordia, wie ihr Sohn ums Leben kam.

Über Franz' heldenhafte Tat wurde die Furtwanger Bevölkerung erneut über einen Zeitungsbericht informiert:

Aus Stadt und Land (Schwarzwälder Bote)

25. Jan. 1915

Dem auf dem Felde der Ehre gefallenen Grenadier Franz Xaver Woller von hier wurde vom König von Bayern das Militär-Verdienstkreuz 3. Klasse mit Schwertern verliehen. Leider erhielt der tapfere Held keine Kenntnis mehr von dieser Auszeichnung. Wie wir hören, hängt die Verleihung damit zusammen, daß Woller einige bayerische Kameraden unter Einsetzung seines eigenen Lebens vom sicheren Tode errettete. Infolge eines heftigen Granatfeuers hatten sich die Bayern im Keller eines Hauses verschanzt, während Woller sich vor dem Hause postiert hatte. Eine platzende Granate zerstörte den Eingang des Hauses und die Insassen wären nicht mehr ans Tageslicht gekommen, wenn der verstorbene Krieger Woller trotz des Granatenhagels den verschütteten Eingang nicht frei gemacht hätte.

Das Verdienstkreuz befand sich in einem kleinen aufklappbaren Kästchen. Zusätzlich war in einer starken Kartonrolle eine Urkunde beigefügt.

Auf dem Gedenkblatt ist das Bild eines gefallenen Soldaten zu sehen, über den sich ein Engel neigt. Dieser übergibt dem Gefallenen einen Strauß Eichenlaub.

Über dem Bild steht ein Zitat aus dem 1. Johannesbrief:

„Wir sollen auch unser Leben für die Brüder lassen." (1. Joh. 3.16.)

Unter dem Bild steht als Text:

„Zum Gedächtnis des Grenadiers Franz Xaver Woller, 2. Kompanie-Leib-Regiment 109. Er starb fürs Vaterland am 21. Oktober 1914."

Unten rechts die schwungvolle Unterschrift des Kaisers: Wilhelm, R.

Franz Woller starb im dritten Kriegsmonat. Wie er genau zu Tode kam, wusste niemand. Vermutlich folgte ein weiteres feindliches Granatfeuer, mit dem er nicht mehr gerechnet hatte.

Jedenfalls hatte es sich der deutsche Kaiser zu diesem frühen Zeitpunkt des Krieges zur Aufgabe gemacht, den Angehörigen von gefallenen Soldaten persönlich zu kondolieren. Es gibt mehrere Zeugnisse, die belegen, dass der Kaiser zwischenzeitlich nichts anderes mehr tat, als Urkunden zu unterzeichnen und Orden zu verteilen. Und das nicht nur für Offiziere, trotz der unglaublichen Zahl von Toten.

Das Amalgam aus christlicher Ikonographie und patriotischen Motiven auf der Urkunde gehörte mit zur Symbolik des Ersten Weltkriegs. Wem es bei der Bewältigung der Trauer mehr half, den Hinterbliebenen oder den staatlichen Stellen?

Im Hause Woller wurde fortan vom „Franz Selig" gesprochen.

Auch er würde wie alle vor ihm Verstorbenen sicher jetzt im Himmel sein.

Franz Xaver Woller

Koloriertes Foto mit nachträglich

aufgemaltem Verdienstkreuz

18

Später

Am 11. November 1918 unterzeichnete die deutsche Regierung, genauer gesagt eine Waffenstillstandskommission, im Wald von Compiègne nördlich von Paris einen Waffenstillstand.

Der Schlieffenplan hatte sich als falsche Strategie erwiesen. Die Mittelmächte verloren entscheidende Schlachten im Westen wie im Osten. Die Bilanz der Katastrophe waren etwa 8,5 Millionen Tote und mehr als 21 Millionen Verwundete.

Der Vertrag von Versailles am 28.06.1919 zwischen den 26 alliierten und assoziierten Mächten und dem Deutschen Reich wies dem Deutschen Reich die Alleinschuld am Ausbruch des Ersten Weltkriegs zu.

Diese historisch falsche Vertragsregelung brachte das Ende der deutschen Kaiserzeit. Kaiser Wilhelm II. musste abdanken.

Die folgende Weimarer Republik war der erste praktische Versuch in der Geschichte, Deutschland eine demokratische Staatsform zu geben. Doch sie hatte es von Anfang an schwer. Ihr fehlte es an Rückhalt in der Bevölkerung, an Geschlossenheit und Unterstützung durch die exekutive Gewalt. Massenarbeitslosigkeit, Kriegsschäden und Reparationsforderungen aus dem Weltkrieg lasteten schwer auf der jungen Demokratie. Europaweit erlangten antidemokratische Kräfte Aufwind. In Deutschland wuchs mit dem Nationalsozialismus eine Massenbewegung, die vielen Bürgerinnen und Bürgern ein Ende des politischen Chaos' versprach.

Karl Friedrich Holzmann war, nachdem Franz Xaver den Krieg nicht überlebt hatte, der einzige Mann in der Familie. Er litt schwer unter den Folgen der Nachkriegszeit und wurde bald ein Anhänger der nationalsozialistischen Bewegung. Elsass und Lothringen gehörten nicht mehr zu Deutschland. Straßburg, die Garnisonsstadt, in der er seine schönste Zeit beim Militär verbracht hatte, hieß nun auf einmal Strasbourg en Alsace und gehörte dem Erzfeind Frankreich. Das konnte er nur schwer ertragen.

Für die weitere Zukunft hatte er eine Vision. Er wollte nicht mehr in der „Union Clock" arbeiten. Er wollte sich selbstständig machen, eine eigene Firma gründen im Bereich der Elektromechanik. Diese versprach eine große Zukunft.

Konkordia war in ihrem Leben schon so oft von schwerem Leid getroffen. Sie hatte als Kind ihren Vater verloren, als junge Frau ihren ersten Ehemann und nach einer 17-jährigen Leidenszeit ihren zweiten.

Ihr Sohn Franz war nicht mehr aus dem Krieg heimgekehrt. Sie hatte nicht einmal ein Grab auf dem Friedhof, wo sie ihn beweinen konnte. Nur eine Schrifttafel auf dem Grab seines Vaters erinnerte daran, dass er einmal gelebt hatte.

Kann ein Mensch so viel Leid ertragen?

Ihr tiefer Glaube an Gott und ihr Vertrauen auf die allzeitige Hilfe der Mutter Gottes gaben ihr die Zuversicht zum Weiterleben.

Doch nach Kriegsende kränkelte sie mehr und mehr, sie war alt und kraftlos geworden.

Am 25. April 1921 um 10 Uhr wurde Konkordia Woller geb. Albert verw. Schultis „versehen mit den hl. Sterbesakramenten, in die ewige Heimat abgerufen."

So hatten es Familie August Schultis (Karlsruhe), Karolina, Josefine und Karl Friedrich Holzmann in der Todesanzeige formuliert.

Und wenige Tage nach ihrer Beerdigung in der Danksagung:

...sowie die zahlreiche Begleitung zur letzten Ruhestätte sagen wir herzlichen Dank. Besonders der Hochw. Geistlichkeit für die tröstenden Besuche, den ehrwürdigen Krankenschwestern für die liebevolle, aufopfernde Pflege, dem Katholischen Arbeiterinnen-Verein für die erwiesene letzte Ehre und allen jenen, die sie während ihrer langen Krankheit besucht haben, ein herzliches „Vergelt's Gott."

Konkordia Woller geb. Albert verw. Schultis

Josefine und Fritz erbten das Haus und damit auch die noch verbliebenen Verbindlichkeiten.

Fritz drängte jedoch fortwährend darauf, dass Karolina als die ältere Schwester an diese Stelle treten müsste, und so übernahm Karline einige Jahre später das Erbe und die Schulden, die sie mit ihrem geringen Arbeiterinnenlohn nur mühsam begleichen konnte.

Im Gegenzug bekam sie eine eigene Stube zugesprochen, die auf der anderen Seite an die Küche angrenzte. Dorthin konnte sie sich zurückziehen. Hier bewahrte sie ihre Erinnerungsstücke auf, aus der Kindheit in Neustadt und Lieblingsstücke ihrer Mutter aus St. Märgen.

Das in Öl gemalte Selbstportrait ihres Großvaters, das Konkordia als kleines Mädchen als „Zauberbild" bezeichnet hatte, bekam einen Ehrenplatz.

Im Winter allerdings war das Wohnen in der kleinen Stube recht ungemütlich; denn sie konnte nicht beheizt werden.

*

Um seinen Traum einer eigenen Firma zu verwirklichen, brauchte Fritz Holzmann außerhalb des Hauses ein Fabrikationsgebäude. Dafür holte er sich bei der Stadtgemeinde Furtwangen die Erlaubnis. Er legte im August 1922 einen „Plan zum Bau eines Lagerschuppens" vor.

Andere Furtwanger Visionäre hatten ihm vorgemacht, wie so etwas von statten geht.

Fritz war befreundet mit Ernst Reiner, der schon vor dem Krieg 1913 in Furtwangen eine Stempelfabrikation begann und mit so genannten Paginiermaschinen auch in einem kleinen Schuppen damit angefangen hatte und sehr erfolgreich wurde.

Fritz wollte in dem angeblichen Lagerschuppen elektrotechnische Produkte herstellen. Dafür war europaweit ein neuer blühender Markt entstanden.

Für das ca. 3 x 3 Meter große „Gebäude" musste er einen Teil des Gartens jenseits vom „Kodderbach" aufgeben, wozu Konkordia niemals die Einwilligung gegeben hätte. Doch nach ihrem Tod war er jetzt der Haushaltvorstand und entschied dies eigenmächtig.

Nachdem die Baugenehmigung erteilt war, machte er sich in Eigenarbeit daran, den Bauplan des hölzernen „Schuppens" zügig zu verwirklichen.

Über dem 2,5 Meter hohen Raum wurde ein Giebeldach aufgesetzt, damit noch zusätzliche Lagerflächen gegeben waren.

Noch im selben Jahr begann er mit der Produktion von Fassungen für Glühbirnen und Lüsterklemmen.

Er bezog die Porzellanteile und montierte die für die Elektrik notwendigen leitenden Teile.

Ernst Reiner unterstützte ihn mit seinen Ratschlägen, die ihm als „Fabrikantenanfänger" hilfreich waren.

Für die Korrespondenz mit seinen Kunden ließ sich Fritz in einer Druckerei professionelles Briefpapier drucken.

K. Fr. Holzmann

Elektrotechnische Erzeugnisse

Spezialität: Lüsterklemmen

Furtwangen i. Baden

Die Produktion lief gut. Um die Lieferfristen einzuhalten, mussten alle in der Familie mithelfen. Auch Karline hatte deshalb nach ihrem langen Arbeitstag in der „Baduf" oft noch lange keinen Feierabend.

Josefine hatte seit der Geburt der Tochter Hulda nicht mehr in der „Baduf" gearbeitet. Doch jetzt war ihr Einsatz in Fritz' Unternehmen ebenfalls gefordert.

Handwerklich sehr geschickt, aber kaufmännisch vollkommen unerfahren, ereilte Fritz Holzmann jedoch bald die Insolvenz, weil er für einen Großauftrag ins Ausland keine Bezahlung bekam.

Der Traum von der eigenen Firma war jäh geplatzt, und er musste wieder in der Uhrenfabrik sein Geld verdienen.

*

Niemand in der Familie hatte damit gerechnet, dass Josefine und Fritz noch ein weiteres Kind bekämen. Seit Huldas Geburt waren nahezu 13 Jahre vergangen und sie würde bald aus der Volksschule entlassen. Das Versprechen der beiden Schwestern Karline und Josefine am

Totenbett ihres Vaters, niemals auseinander zu gehen, Tag und Nacht zusammen zu bleiben, das ihnen ihre Mutter damals abgerungen hatte, war eine große Herausforderung für das eheliche Zusammenleben von Fritz und Josefine. Alle drei schliefen quasi in einem gemeinsamen Schlafzimmer. Der Vorhang zum Durchgang in Karlines Schlafkammer war lediglich eine optische Abtrennung der Schlafstätten.

Die Verwunderung war groß, als die Nachbarn und die übrigen Hausbewohner mitbekamen, dass Josefine schwanger war. Ungewöhnlich war nicht ihr Alter, sie war im März gerade 37 Jahre alt geworden, sondern der große Altersunterschied zum ersten Kind.

Am 23. Mai 1925 kam das Kind zur Welt. Es war ein Junge. Fritz freute sich sehr, dass nun endlich wieder ein männliches Mitglied in die Familie kam. Dieser Junge sollte es einmal besser haben als er, sollte die Uhrmacherschule besuchen und anschließend als Techniker einmal mehr verdienen als ein einfacher Uhrmachergeselle. Und er, Karl Friedrich Holzmann, setzte sich bei der Namensgebung durch: Der Junge sollte auch seinen Vornamen Karl bekommen, aber mit dem Zusatz Otto.

Die Schwester seines Vaters Ferdinand, Wilhelmine Heizmann, geborene Holzmann, war in Hüfingen verheiratet. Ihr Sohn Otto war als Patenonkel vorgesehen, denn in der Familie Woller war nach dem Heldentod des Bruders Franz Xaver niemand mehr da, der als Pate hätte fungieren können.

Karl Otto wurde aber von allen immer nur Karle genannt oder, als er noch sehr klein war, „Karele" gerufen.

Seine Erziehung lag weitgehend in den Händen der beiden Frauen Josefine und Karline, wobei die große Schwester Hulda kräftig als Ko-Erzieherin mitwirkte. Sie arbeitete nach ihrer Schulzeit als Hilfsarbeiterin in der Firma Horray & Ritter. Dort wurden in Konkurrenz zu Ernst Reiner ebenfalls Datumsstempel und Paginiermaschinen gefertigt. Für Hulda war es nur ein kurzer Arbeitsweg. Die Firma hatte sich in der Unterallmend unweit vom Heimathaus angesiedelt.

Und es kam noch einmal ein Kind zur Welt. Drei Jahre später bekamen Hulda und „Karele" noch ein Schwesterchen. Es hieß Agnes.

Großtante Bernhardine hatte dies jedoch nicht mehr erlebt. Sie starb wenige Jahre nach dem Tod ihrer jüngeren Schwester Konkordia.

*

Die „goldenen" zwanziger Jahre endeten nicht so, wie es ihr Name versprach. Sie endeten mit einer Weltwirtschaftskrise.

Der Begriff „golden" stand für den wirtschaftlichen Aufschwung der weltweiten Konjunktur und bezeichnet eine Blütezeit der deutschen Kunst, Kultur und Wissenschaft. Maßgeblich beteiligt am Aufschwung der Konjunktur waren ebenfalls die hohen Kredite, die Deutschland damals aus dem Ausland, besonders aus den USA, erhielt.

Die neuen „Massenmedien" gewannen an Bedeutung. Der Film entwickelte sich zum Kunstwerk, das sich ein zahlreicheres Publikum eroberte als alle traditionellen Künste.

Ab 1924 kam der Rundfunk hinzu.

Er wurde zum Hauptpropagandainstrument im aufkommenden Nationalsozialismus.

Die Weltwirtschaftskrise zum Ende der 1920er und im Verlauf der 1930er Jahre begann mit dem New Yorker Börsencrash im Oktober 1929.

Zu den wichtigsten Merkmalen der Krise zählten ein starker Rückgang der Industrieproduktion, des Welthandels, der internationalen Finanzströme, eine Schuldendeflation, Bankenkrisen, die Zahlungsunfähigkeit vieler Unternehmen und massenhafte Arbeitslosigkeit, die soziales Elend und politische Unruhen verursachte. Die Weltwirtschaftskrise führte weltweit zu einem starken Rückgang der wirtschaftlichen Gesamtleistung. Sie dauerte in den einzelnen Ländern unterschiedlich lange.

Die „Badische Uhrenfabrik musste infolge der Krise 1932 Konkurs anmelden, nachdem sie sich in den „Goldenen Zwanzigern" zunächst prächtig weiter entwickelt hatte. Seit 1920 produzierte die „Baduf" auch Rundfunkgeräte, Radio-Schaltuhren, Messinstrumente, Lautsprecher, sowie Ein- und Mehrröhrenempfangsgeräte für den Kurzwellenempfang. Das Unternehmen wurde nach dem Konkurs von

Franz, Rudolf und Oskar Kaiser aus Villingen übernommen. Diese besaßen die „Uhrenfabriken J. Kaiser Villingen".

Glück für Karolina Woller, die dadurch ihren Arbeitsplatz behielt.

Am 30. Januar 1933 begann mit der Machtergreifung Adolf Hitlers eine neue Zeit in Deutschland, die den enttäuschten Menschen wieder Hoffnung versprach: Brot und Arbeit.

Unter den Nationalsozialisten gab es viele Männer, die am Weltkrieg teilgenommen hatten und die vom Protest gegen den republikanischen Staat und seiner Politik lebten. In der Person Hitlers sahen sie eine Art „Erlösergestalt", dem man bedingungslos folgen müsse.

„Der Führer hat immer Recht!" hieß es später in der nationalsozialistischen Propaganda. Der „heroische Mensch" wurde nationalsozialistisches Ideal. Er sollte sich jedoch dem „Führer" bedingungslos anvertrauen und unterwerfen. Wer seine Entscheidungen nach der Vernunft und eigenem Gewissen traf, wurde von den Nazis als Gegner angesehen und bekämpft.

Fritz Holzmann wurde ein glühender Verehrer des Führers. Die im Versailler Vertrag festgeschriebene Alleinschuld der Deutschen am Krieg empfand er als Schmach, für sein Scheitern als Fabrikant suchte er die Schuld nicht bei sich selbst, sondern bei anderen.

Zur Zeit der Machtergreifung war „Karele" acht Jahre alt, besuchte die Schule, selbstverständlich nur in der B-Klasse, und er wurde von Josefine bei den Ministranten angemeldet. Aus der religiösen

Erziehung des Jungen hatte der Vater sich herauszuhalten. Für Mutter und Patentante Karline wäre eine Erziehung ohne tiefen religiösen Hintergrund undenkbar gewesen. Josefine verhinderte auch, so lange es noch möglich war, dass ihr Sohn von der Hitlerjugend vereinnahmt wurde. Beiden missfiel es, dass Fritz längst einen anderen „Gott" anbetete und sich offen zur NS-Partei hinwandte.

*

Als Elektromechaniker besaß Karl Friedrich Holzmann bereits sehr früh einen „Volksempfänger". Dieses Röhren-Radiogerät war auffällig schlank gebaut und ähnelte einer etwas zu hoch geratenen Tischuhr. Unter dem kreisrunden mit Stoff bespannten Lautsprecher befanden sich drei Drehknöpfe. An einem dieser Knöpfe wurde die Einstellung von Langwellen- bzw. Mittelwellenempfang vorgenommen. Der mittlere Drehschalter war der für die Senderwahl, und ganz rechts konnte man die Lautstärke des Senders regeln.

Für die Nazis war der Volksempfänger ein ganz wichtiges Propagandainstrument. Jeder Deutsche sollte sich ein solches Radio leisten können. Adolf Hitler konnte in seinen Reden an das Volk auf diese Weise in die Wohnstuben der Menschen eindringen.

Es war Sonntagnachmittag. Fritz Holzmann hatte sich Gäste eingeladen, ausnahmslos männliche Gäste, Freunde und

Parteimitglieder. Eine der berühmten Reden des Führers war angekündigt. Man war gespannt, was er heute dem Volk zu sagen hätte.

Alle übrigen Familienmitglieder mussten die Stube verlassen. „Karele" und seine kleine Schwester Agnes spielten in der Küche. Karl hatte sich aus Vaters Werkzeugkasten, der noch auf dem Flur am Boden stand, ein Stückchen Draht besorgt. Diesen nahm er mit in die Küche und steckte ihn in eines der beiden kleinen Löcher der Steckdose. Dann forderte er Agnes auf:

„Komm einmal her und halt das Drahtende in das andere Löchle hier!"

Agnes zögerte. Ihr klangen die warnenden Worte des Vaters im Ohr, der verboten hatte, an der Steckdose zu spielen.

„Da kommt der Strom raus und tut dir weh!", hatte er gemahnt.

„Na, mach schon", wiederholte Karle seine Aufforderung, „das kitzelt nur ein bisschen!"

Agnes tat, wie ihr befohlen. Sie hielt den Draht für einen Augenblick fest und führte dann das blanke Ende in das andere kleine Loch der Steckdose.

Im selben Moment tat es einen mächtigen Schlag, und beide Kinder erschraken. Agnes ließ den Draht sofort los und begann laut zu weinen.

Eben hatte der Führer im Wohnzimmer nebenan noch von „Brot und Arbeit" gesprochen, ja geradezu gebrüllt.

Jetzt verstummte er schlagartig.

Friedrich ahnte, was passiert sein musste, kam durch die Tür in die Küche und schnappte sich seinen Sohn, den er sofort als Übeltäter entlarvt hatte, gab ihm, ohne ein Wort zu sagen, eine saftige Ohrfeige.

Er eilte hinaus auf den Flur zum Schaltkasten, entfernte die defekte Sicherung, nahm einen Schraubenzieher und überbrückte damit die beiden Pole, worauf der Führer seine „verlorene Sprache" wiederfand.

Noch viele Jahre später erzählte Josefine diese Geschichte:

„Wisst ihr noch, als unser „Karele" dem Führer das Wort abgeschnitten hat?"

19

Wenige Wochen vorher

Nur kurze Zeit vor der nationalsozialistischen Machtergreifung stand das Jubiläum des Katholischen Arbeiterinnenvereins in Furtwangen an. Seit dessen Gründung waren 25 Jahre vergangen. Karolina Woller war von Anbeginn im Vorstand aktiv und mittlerweile Vereinsvorsitzende geworden. In ihrer Verantwortung lag die Ausrichtung dieses Festes, das in der Stadt große Beachtung fand und über das die Presse am 18. November 1932 sehr ausführlich berichtete:

„In schöner, harmonischer, dem jetzigen Zeitgeist entsprechender Weise verlief das gestrige 25-jährige Stiftungsfest des Kathol. Arbeiterinnenvereins.

Der weltlichen Feier voraus ging die kirchliche. In der Frühmesse nahmen die Mitglieder und Ehrenmitglieder recht zahlreich an der Generalkommunion teil. Der hochw. Herr Pfarrverweser M a u r e r ließ es sich nicht nehmen, die Feier durch eine zu Herzen gehende Ansprache zu verschönern. Drei Punkte stellte er uns vor Augen, um einmal den Namen der kathol. Arbeiterin zu verdienen, und unsere Arbeit auch im Himmel nutzbar zu machen. Unser Leben, unsere Arbeit muß erstens treu sein wie Gold, rein und lauter, zweitens fleißig wie die Biene, pünktlich und exakt in unserem Beruf und unermüdlich im religiösen Leben, drittens bescheiden wie die Ameise, in Demut uns unterzuordnen und unsere Lasten jeden Tag mit neuem Mut zufriedener tragen, um so einstens ein bescheidenes Blümlein im Himmelsgarten zu werden, das mit Freuden sagen kann: ‚Ich habe den guten Kampf gekämpft, den Lauf vollendet und Gott wird mir dafür die Krone des ewigen Lebens geben.‘ Verschönert wurde die Feier noch durch den lieblichen Gesang einiger Mitglieder.

Am Abend fand sodann die weltliche Feier im überfüllten Saale des 'Furtwanger Hof' statt. Das Gesellenvereinsorchester eröffnete die Feier mit einem flotten Marsch, worauf dann der Präses des Vereins, Hochw. Herr Pfarrverweser M a u r e r die Anwesenden begrüßte. Ein von Frl. Hulda Holzmann selbst verfaßter und vorgetragener Prolog gab dem Dank an Gründer und treue Mitglieder in gut verfaßten Versen Ausdruck. Die Vorsitzende des Vereins, Frl. Karoline W o l l e r gab sodann einen interessanten Rückblick auf die Geschehnisse im Verein in den 25 Jahren seines Bestehens. Mit 80 Mitgliedern wurde der Verein von dem Stadtpfarrer und nachmaligem Domkapitular Dr. Huber gegründet. Er konnte bald seine Mitgliederzahl erhöhen und auf das mehr als dreifache bringen. Aus seiner Tätigkeit war eine reiche und segensvolle Arbeit zu ersehen; Kurse in Nähen, Flicken usw. wurden abgehalten, Unterhaltungen, Versammlungen, Vorträge und Ausflüge trugen zur Weiterbildung der Mitglieder bei. In steter Verbindung mit dem Kathol. Arbeiterverein wurden viele Veranstaltungen mit dem Bruderverein durchgeführt. Zum Schlusse dieses Rückblickes teilte die Vorsitzende mit, daß der Verein beschlossen habe, den langjährigen Präses, Hochw. Herrn Pfarr-Rektor Kuenz in Kirchhofen zu seinem Ehrenpräses zu ernennen. Herr Pfarrverweser Maurer gab sodann die Mitteilung, daß der neu ernannte Ehrenpräses leider zu der Feier nicht erscheinen konnte und verliest ein herzliches Glückwunschschreiben, das Herr Pfarr-Rektor Kuenz seinem lieben Arbeiterinnenverein zum Jubiläum gewidmet hat.

In seiner Festansprache hatte sich H.H. Pfarrverweser Maurer die Betrachtung der Frauenarbeit vom sozialen und christlichen Standpunkt aus zum Thema genommen. Er schilderte die unheilvollen Zustände, die im

Familienleben dadurch entstehen, daß die Mutter gezwungen ist, dem Erwerb nachzugehen. Die Frau gehört in die Familie. Ein ungesundes Wirtschaftsleben verhindert dies. Wir müssen Wege suchen, denjenigen, die unter dieser Zeiterscheinung zu leiden haben, die Lage erträglicher zu gestalten, Hochachtung und freundliches Entgegenkommen wird viel dazu beitragen. Wir müssen aber auch durch Berufsberatung und Schulung in Haushaltungsarbeiten den in der Industrie tätigen Arbeiterinnen behilflich sein, ihre Aufgabe in der Familie erfüllen zu können. Das Streben aber muß dahin gehen, dem Manne einen auskömmlichen Lohn zu sichern, der die Frauenarbeit zurücktreten läßt. Die Bewahrung der Frau und Mutter vor der berufstätigen Arbeit, sie wieder der Familie zurückzugeben, das muß das hohe Ziel sein.

Die Ehrung der Mitglieder gab dem H.H. Präses Anlaß, den Jubilaren zu danken für ihre Treue und dem Verein auch für die Zukunft Erfolg zu wünschen in dem Bestreben, denen eine Heim- und Bildungsstätte zu sein, die unter den sozialen Umständen dieser Tage zu leiden haben.

25 Mitglieder, die seit der Gründung des Vereins diesem angehören, konnten durch Uebereichung eines Gedenkblättchens geehrt werden. Es sind dies folgende Mitglieder:"

An dieser Stelle wurden in alphabetischer Reihenfolge die Namen der Geehrten genannt. Darunter befanden sich auch die Namen von Josefine Holzmann und Karoline Woller, deren Namen als letzter erschien, aber dies war sie schon immer seit ihrer Schulzeit gewohnt, dass nach „W" nur noch selten ein weiterer vorkam.

171

Der Zeitungsbericht endete:

„Besonders der Vorsitzenden, Frl. Karoline Woller, gebührt aufrichtiger Dank und Anerkennung. Seit Gründung des Vereins steht sie auf aktivem Posten und im Vorstand und seit einigen Jahren leistet sie als Vorsitzende dem Verein in treuer Aufopferung und Liebe unschätzbare Dienste, welche auch der Vorsitzende des Brudervereins, Herr Anselm Rees, in seinem Glückwunsch im Namen des Kathol. Arbeitervereins zum Ausdruck brachte…"

Arbeiterinnenverein (Sitzend von links: Karline und Josefine)

Zum Schluss des Berichts wird noch erwähnt, dass das Schauspiel „Hedwigis", ein Lebensbild einer großartigen mildtätigen Herzogin in *„allen Aufzügen tadellos"* durchgeführt wurde.

„Ein Gedicht in pfälzischer Mundart und das Lustspiel ‚Kathi, die preisgekrönte Schönheit' fanden trotz der bereits zur Mitternacht

vorgerückten Zeit aufmerksame Zuhörer und ob ihrer heiteren Wirkung schallenden Beifall.

Der Kathol. Arbeiterinnenverein kann auf diese ausgezeichnet durchgeführte Jubelfeier, die ein Markstein in seiner Geschichte darstellt, mit Freude zurückblicken. Möge auch für die Zukunft dem Arbeiten des Vereins Glück und Segen beschieden sein. Gott segne diese christliche Arbeit!

Konkordia wäre sehr stolz auf ihre beiden Töchter gewesen, wenn sie das noch miterlebt hätte. Vor allem auf ihre älteste, auf Karline.

173

20

Wieder Krieg

„Seit heute Morgen 5 Uhr 45 wird zurückgeschossen!", tönte die Stimme des Führers aus dem Volksempfänger.

Fritz Holzmann verfolgte gespannt an diesem Freitag, es war der 1. September 1939, die Rede Adolf Hitlers vor dem Deutschen Reichstag. Der Großdeutsche Rundfunk übertrug diese Rede.

Nach der Machtübernahme der NSDAP 1933 war der Rundfunk Angelegenheit des Staates. Die Nationalsozialisten sahen in ihm frühzeitig ein zentrales politisches Propagandainstrument und unterstellten den Rundfunk daher dem Reichsministerium für Volksaufklärung und Propaganda unter Joseph Goebbels.

Kein Zuhörer konnte wissen, was an den Nachrichten als „wahr" oder besser „nicht wahr" verbreitet wurde.

Der Führer begann seine Rede mit der Bemerkung, dass Deutschland und das deutsche Volk aufgrund des Versailler Vertrags unter „unerträglichen Zuständen" leiden würden. Er führte aus, dass er oftmals durch friedliche Vorschläge versucht habe, diese Zustände zu ändern, und dass diese von Polen abgelehnt worden seien. Anschließend behauptete er, dass Polen seit Monaten einen Kampf gegen die Freie Stadt Danzig führe und dass die in Polen lebende deutsche Minderheit entrechtet und misshandelt werde. Es habe in der letzten Zeit immer wieder Grenzzwischenfälle gegeben, und in der vergangenen Nacht habe es drei sehr schwere Zwischenfälle gegeben.

Hitler erwähnte aber nicht explizit den in Wirklichkeit von der SS vorgetäuschten Angriff auf den Sender Gleiwitz. Anschließend äußerte er Unverständnis darüber, dass sich die westeuropäischen Staaten, gemeint waren Großbritannien und Frankreich, in den Konflikt einmischten. Außerdem dankte er dem faschistischen Italien, das ihn die ganze Zeit unterstützt habe. Im Anschluss lobte er den deutsch-sowjetischen Nichtangriffspakt und begründete ihn zum einen damit, dass weder Deutschland noch die Sowjetunion vorhätten, ihre Ideologie in das jeweils andere Land zu exportieren, und zum anderen damit, dass „Russland und Deutschland im Weltkrieg gegeneinander gekämpft und dass beide letzten Endes die „Leidtragenden" gewesen seien. Anschließend erklärte er, dass die Wehrmacht „nicht den Kampf gegen Frauen und Kinder" führen wolle und dass die Luftwaffe sich auf militärische Ziele beschränken wolle; Polen solle daraus aber keinen Freibrief ableiten. Dann folgte der wohl bekannteste Teil der Rede:

„Polen hat heute Nacht zum ersten Mal auf unserem eigenen Territorium auch mit bereits regulären Soldaten geschossen. Seit 5:45 Uhr wird zurückgeschossen! Und von jetzt ab wird Bombe mit Bombe vergolten! Wer mit Gift kämpft, wird mit Giftgas bekämpft. Wer selbst sich von den Regeln einer humanen Kriegsführung entfernt, kann von uns nichts anderes erwarten, als dass wir den gleichen Schritt tun. Ich werde diesen Kampf, ganz gleich gegen wen, so lange führen, bis die Sicherheit des Reiches und bis seine Rechte gewährleistet sind."

Anschließend erklärte Hitler, dass Deutschland deutlich besser auf den Krieg vorbereitet sei als 1914, und betonte, dass es niemals kapitulieren werde. Er sagte sogar, dass er entweder siegen oder das Kriegsende nicht erleben werde. Ferner ernannte er Hermann Göring und Rudolf Heß zu seinen Nachfolgern, falls ihm etwas zustoßen sollte. Am Ende der Rede wies Hitler die Reichstagsabgeordneten darauf hin, dass sie für die Stimmung in ihrem Gebiet verantwortlich seien.

Er schloss die Rede mit den Worten:

„Wenn wir diese Gemeinschaft bilden, eng verschworen, zu allem entschlossen, niemals gewillt zu kapitulieren, dann wird unser Wille jeder Not Herr werden. Ich schließe mit dem Bekenntnis, das ich einst aussprach, als ich den Kampf um die Macht im Reich begann. Damals sagte ich: Wenn unser Wille so stark ist, dass keine Not ihn mehr zu zwingen vermag, dann wird unser Wille und unser deutscher Stahl auch die Not meistern! Deutschland – Sieg Heil!"

In die Heilrufe stimmten alle Abgeordneten mit ein. Zum Abschluss der Sitzung wurden das Deutschlandlied und das Horst-Wessel-Lied gesungen.

Hitler benutzte den Auftritt vor dem Reichstag auch, um sich selbst in einer neuen propagandistischen Rolle als „Erster Soldat" des Reiches zu inszenieren. Diese Rolle beruhte auf einer besonderen Nähe zur kämpfenden Truppe. Er stellte sich dabei als „Kamerad unter Kameraden" dar, der die Mühen, Entbehrungen und Gefahren der Soldaten angeblich teilte. Als historische Vorbilder hierfür können

Caesar, Alexander der Große oder Napoleon gelten, insbesondere aber auch Friedrich der Große, der seine Truppen als „Roi connétable" ins Feld begleitete. Um seine neue Rolle optisch zu unterstreichen, legte Hitler an diesem Tag erstmals eine eigens für ihn geschneiderte feldgraue Uniform ohne Rangabzeichen an.

In seiner Rede rief er sich selbst in theatralischer Weise zum „Ersten Soldaten" aus:

„Ich verlange von keinem deutschen Mann etwas anderes, als was ich selber über vier Jahre freiwillig bereit war, jederzeit zu tun. Es soll keine Entbehrung in Deutschland geben, die ich nicht selber sofort übernehme. Mein ganzes Leben gehört von jetzt ab erst recht meinem Volk. Ich will nichts anderes jetzt sein als der erste Soldat des Deutschen Reiches. Ich habe damit wieder jenen Rock angezogen, der mir einst selbst der heiligste und teuerste war. Ich werde ihn nur ausziehen nach dem Sieg, oder ich werde dieses Ende nicht erleben!"

Karl Friedrich Holzmann war begeistert. Jetzt endlich würde nach über zwanzig Jahren des Unrechts Deutschland wieder zum Recht verholfen. Er vertraute dem Führer, der seine bisherigen Versprechen auch immer eingehalten hatte. Er hatte dem deutschen Volk „Brot und Arbeit" versprochen, und er hatte es geschafft, die Weltwirtschaftskrise zu überwinden.

Fritz Holzmann war bereit, dem Führer bedingungslos zu folgen.

*

Josefine hatte bis zu diesem Zeitpunkt erfolgreich verhindert, dass ihr Sohn Karl aktiv in der Hitlerjugend mitwirkte. Er war jetzt 14 Jahre alt, besuchte nach Ostern die 8. Klasse und war ein sehr engagierter Ministrant in der Stadtkirche St. Cyriak. Deshalb wurde er auf Vorschlag des Mesners zum Oberministranten „befördert". Darüber freute sich auch seine Patentante Karline, sein „Gottle", wie man in Furtwangen eine Patin bezeichnete.

Sein Entlasszeugnis belegt, dass er auch ein guter Schüler war. Überwiegend Note 2, nur in Schönschreiben und Rechtschreiben die Note 3, stand da zu lesen. Zweimal die Note 1, in Religion und Gesang, waren die besondere Zierde in seinem Zeugnisheft.

Doch bei der Entlassfeier in der Festhalle kam es zu einem Vorfall, der ihn seelisch sehr verletzte und sein Leben lang beschäftigte:

Sein Klassenlehrer hatte ihn ausgewählt, während des Festaktes ein Gedicht vorzutragen, ein Gedicht, das dem Zeitgeist entsprach.

Sein Titel: „Die Ahnen"

Alle Kinder, die seit 1933 die Volksschule besuchten, wussten, dass man mit diesem Begriff seine eigenen Vorfahren bezeichnete. Jeder sollte und wollte arisch sein. Doch als arisch galt nur der, der eine Abstammung von nichtjüdischen Großeltern beweisen konnte.

Der Lehrer der Klasse 8b stand 1940 mit der Hakenkreuzbinde am linken Arm vor seinen Schülern.

Karl Holzmann war seiner Meinung nach der geeignetste Entlassschüler für diesen Gedichtvortrag. Er konnte gut Gedichte aufsagen, war auch ein talentierter Schauspieler und stellte sich dieser Aufgabe gerne.

Er lernte alle Strophen dieses langen Textes auswendig.

Wir sollen die Ahnen ehren, darum ging es im Wesentlichen, denn ihnen verdanken wir unsere Errungenschaften, unsere Kultur. Irgendwann werden wir alle auch sterben und uns wieder mit ihnen vereinen.

Daher lauteten die beiden letzten Verse des Gedichts:

„Wir wollen treu das Erbe wahren,

bis unser Staub in ihrem ruht."

Der strenge Lehrer wollte den besonderen Ausdruck der Schlusszeile durch eine äußerst pathetische Intonation und eine mächtig gestikulierende Körpersprache, mit geballten Fäusten, verdeutlichen, in der Art, wie sein großes Vorbild, der Führer, es gekonnt in seinen Reden stets inszenierte, und er sprach es Karl genauso vor. Doch dieser lehnte diese Vortragsart innerlich ab und beschloss, es bei der Entlassfeier so zu sprechen, wie er es interpretierte, nämlich langsamer und leiser werdend, quasi „ritardando" und „morendo", im Fachjargon des Musikers gesprochen.

Doch das endete schrecklich.

Der Schülerchor hatte eben sein Lied gesungen, dann trat Karl Holzmann nach vorne in die Bühnenmitte, ganz an den Bühnenrand, und hatte seinen großen Auftritt. Es herrschte gespannte Stille in der Festhalle. Er trug die Ode feierlich und absolut fehlerfrei vor.

Dann kam die Schlusszeile *„… bis unser Staub - in ihrem - - ruht."*

Karle sprach, so wie er es sich vorgenommen hatte, con ritardando e morendo und unterstrich die Worte lediglich mit sparsamer Geste seiner rechten Hand, die Hauptsilben „Staub", „ihrem" und „ruht", leicht nachzeichnend.

Und jetzt passierte das Unerhörte.

Der Lehrer, der in der ersten Reihe saß, sprang auf, holte den Karl von der Bühne und versetzte ihm rechts und links eine Ohrfeige.

Statt des verdienten Applauses der anwesenden Eltern herrschte bloß stummes Entsetzen im Saal, und der gedemütigte Karl Holzmann rannte schnelle weg hinter die Bühne. Niemand wagte es, die erzieherische Maßnahme eines Lehrers in Frage zu stellen. Irgendetwas hatte Karl wohl nicht richtig gemacht.

Karl aber hat dies seinem Klassenlehrer niemals verziehen und erzählte später seine Geschichte jedem, der sie hören wollte. Denn dieser Lehrer war nach dem Ende des 2. Weltkrieges zum Rektor der Schule befördert worden und stellte sich von nun an gerne als ein ganz anderer Mensch in der Öffentlichkeit dar.

*

Früher hätte für die meisten Jungen nach Beendigung ihrer Schulzeit das Arbeitsleben begonnen und sie wären in „die Lehre" gegangen, hätten einen der vielen Berufe erlernt: Schreiner, Bäcker, Metzger, Schuhmacher und viele andere Handwerke mehr. Die Voraussetzung dafür war, einen Lehrmeister zu finden, der diese „Lehrbuben" in seinen Betrieb aufnahm. Meist halfen dabei in der Vermittlung die persönlichen Beziehungen der Väter untereinander.

Doch jetzt war alles anders. Es herrschte Krieg. Alle jungen Männer mussten vorbereitet werden, als Soldaten mitzukämpfen, mitzukämpfen für den Endsieg, so war es der Wille des Führers.

Karl Holzmann musste wie alle anderen jungen Männer seines Alters zunächst für sechs Monate zum Reichsarbeitsdienst. Sein wichtigstes Arbeitsgerät war fortan ein Spaten, der nach dem Appell präsentiert werden musste und an dessen Stelle später einmal das Gewehr treten würde, das „Arbeitsgerät" des Soldaten.

So wurde aus dem „Gottesdiener", dem Ministranten, ein „Soldat für das Vaterland".

Sobald Karl das 18. Lebensjahr erreicht hatte, wurde er „eingezogen".

Nach seinem Arbeitsdienst war er zu jung gewesen, um sofort zum Militär eingezogen zu werden. Deshalb konnte er noch mit einer Ausbildung beginnen, die vor ihm keinem seiner Vorfahren möglich war: Er durfte die „Uhrmacherschule Furtwangen – Staatlich höhere Fachschule für Uhrmacherei, Elektro- und Feinwerktechnik" besuchen. Diesen Ausbildungsweg hatte sein Vater bereits bei seiner Geburt für ihn vorgesehen. Aus der ehemaligen „Großherzoglich-Badischen Uhrmacherschule" war diese Schule hervorgegangen.

Nicht zu vergleichen mit dem Fächerangebot der Volksschule, hatte Karl einen Angebot, das 20 Fächer umfasste.

Im Zeugnisheft waren diese in folgender Reihenfolge aufgeführt:

1. Arithmetik, Algebra und Trigonometrie

2. (Geometrie)

3. Physik und Instrumentenkunde

4. Technische Mechanik

5. Uhrenkonstruktionslehre

6. (Uhrenkunde)

7. Elektrotechnik

8. Meßkunde

9. (Chemie und Materialkunde)

10. Technologie

11. Fachzeichnen mit konstruktiven Uebungen

12. (Technisches Skizieren)

13. (Kostenberechnen)

14. (Geschäftsaufsatz)

15. (Buchführung)

16. (Volkswirtschaftslehre)

17. Staatsbürgerkunde

18. (Deutsch)

19. (Religion)

20. Bauelemente der Feinmechanik

Für die in Klammer aufgeführten Fächer gab es keine Note im Zeugnis. Die Schulnoten reichten von 1 (sehr gut) bis 6 (ungenügend).

Karl hatte siebenmal die Note 3 und dreimal die Note 4 in seinem Zeugnis nach dem 1. Fachsemesterkurs im Sommer 1942 erhalten.

Unter „Bemerkungen" war ergänzt:

„Mehr Sauberkeit und Gewissenhaftigkeit bei der Arbeit ist erforderlich."

Ob das Karl sehr beeindruckte? Vermutlich nicht; denn er wusste, dass er auch bald in den Krieg ziehen müsste, so wie sein Vater Fritz, der zu diesem Zeitpunkt bereits in Frankreich für das Vaterland kämpfte.

21

Später

Als Karl Holzmann aus dem Zug ausstieg, war er in einer ganz anderen Welt angekommen, einer Welt, die sich landschaftlich völlig von der unterschied, die ihm aus seinem bisherigen Leben vertraut war. Alles war hier flach, keine Berge, keine Tannenwälder mehr, alles sah ganz anders aus als zu Hause.

So weit war er noch nie mit dem Zug gefahren. Als Kind lernte er zum ersten Mal das Reisen mit der Eisenbahn kennen, als er mit seiner Mutter, mit Karline und seiner großen Schwester Hulda nach Karlsruhe fuhr, um dort bei Mutters Stiefbruder, seinem Onkel August, ein paar Tage zu verbringen.

Er erinnerte sich an die Heimfahrt damals, als sie mit dem Zug wieder Richtung Heimat unterwegs waren und seine Mutter und sein „Gottle" mit ständigem Blick aus dem Fenster immer unruhiger geworden waren.

„Sag mal, „Karele", sind wir auf der Herfahrt auch an dieser Säge vorbeigekommen?", fragte ihn seine Mutter aufgeregt.

„Ich glaube schon", antworte der damals zehnjährige Bub.

Endlich kam der Schaffner wieder am Abteil vorbei, und Karline traute sich, diesen zu fragen.

„Entschuldigung, Herr Schaffner, sind wir hier richtig im Zug nach Triberg?"

„O lieber Gott, Frau, ihr seid im falschen Zug. Ihr hättet in Offenburg umsteigen müssen! Wir fahren Richtung Freiburg!"

Das war lange her, doch diese Geschichte wurde gerne erzählt, und nach längerer Zeit konnten sie sogar darüber lachen.

Aber in den vergangenen Tagen hatte Karle eine sehr viel längere Reise hinter sich gebracht. Berlin, die Reichshauptstadt, lag bereits seit geraumer Zeit hinter ihnen. Sie waren noch viele Kilometer weiter nordwestlich gefahren. Die große Schrift am Bahnhofsgebäude kündigte an, dass sie ihr Ziel erreicht hatten: Neuruppin.

Etwa dreißig junge Männer, alle in Soldatenuniformen und mit Tornistern ausgestattet, waren hierher zum Militärdienst kommandiert worden.

Ab heute waren sie Panzergrenadiere.

In Neuruppin gab es einen Truppenübungsplatz, auf dem den jungen Soldaten ihre Ausbildung als Panzerfahrer bevorstand, um danach an der norddeutschen Grenze zu Dänemark eingesetzt zu werden.

Als damals der Stellungsbefehl eingetroffen war, weinten Josefine und Karline vereint.

Niemand in der Familie wusste, wo Neuruppin lag. Ein Lexikon gab es im Hause der Familie nicht. Hulda machte sich in der öffentlichen Borromäus-Bücherei, einer Einrichtung der katholischen Kirche St. Cyriak, kundig und informierte Mutter, Tante Karline und ihren Bruder:

„Das liegt in Brandenburg. Zusammen mit Berlin ist dort das Zentrum von Preußen. Neuruppin trägt auch den Beinamen ‚Fontanestadt', weil hier der Dichter Theodor Fontane geboren wurde."

Karl kannte den Namen dieses Dichters. Er erinnerte sich an die Geschichte vom Herrn von Ribbeck auf Ribbeck im Havelland. Im Lesebuch der 8. Klasse hatte er die berühmte Fontane-Ballade kennen gelernt, in der ein älterer Herr im Herbst den Kindern seine Birnen verschenkt und aus Sorge, dass sein geiziger Sohn dies später einmal nicht tun würde, sich eine Birne mit ins Grab legen lässt. Daraus wächst ein neuer Birnbaum, und die Kinder werden so weiterhin mit Birnen beschenkt.

Am Schluss heißt es:

„So spendet Segen noch immer die Hand

des von Ribbeck auf Ribbeck im Havelland."

Doch für Karl Holzmann war das Havelland alles andere als segensreich. Er hatte harte Ausbildungswochen vor sich, und was danach folgte, war noch viel, viel härter.

Karl Holzmann

188

Zur selben Zeit befand sich sein Vater schon viele Monate in Frankreich. Er war in Lothringen in der Stadt Metz an der Mosel stationiert. Seine Einberufung zur Wehrmacht war für ihn der Beginn eines zweiten Lebens, denn er würde nach Kriegsende nur noch einmal kurz nach Furtwangen zurückkehren, um danach für immer seine Familie zu verlassen.

Am 14. Juni 1940 wurde Metz zur offenen Stadt erklärt. Am Nachmittag des 17. Juni fuhr eine motorisierte Patrouille des 379. Infanterie-Regiments der Wehrmacht in die verlassene Stadt. Truppen der 16. Infanterie-Division besetzten Metz kampflos.

Mit dabei war Karl Friedrich Holzmann.

Nach dem kapitulationsähnlichen Waffenstillstand von Compiègne wurde Elsass-Lothringen dem nationalsozialistischen Deutschen Reich faktisch angeschlossen. Das erste Weihnachtsfest nach dem Sieg über Frankreich feierte Adolf Hitler im Jahr 1940 demonstrativ in Metz.

In einer Nachbargemeinde, in Montigny-lès-Metz, lernte Fritz Holzmann eine „neue Frau" kennen. Sie war 17 Jahre jünger als er und hieß Maria Bernauer geb. Wagner. Er überstand den Krieg ohne Verwundung oder Gefangenschaft, weil er sich rechtzeitig zum Kriegsende ins benachbarte Saarland abgesetzt hatte. Dort lebte seine jüngere Schwester Wilhelmina, die nach ihrer Heirat mit Friedrich Kretzer in Saarlouis in der Heiligenbergstraße ihren Lebensmittelpunkt gefunden hatte. Sie nahm ihren Bruder vorübergehend bei sich auf.

*

Wer im Krieg an der Front mitgekämpft hatte, das gilt gleichermaßen für alle Fronten, ob im Westen, Osten, Süden oder Norden, der hatte die Hölle bereits auf Erden erlebt: Bomben, Granaten, Fliegerangriffe, Verwundung oder Tod von Kameraden, Gefangenschaft, und er musste auf andere schießen, immer mit der Angst im Nacken, von den anderen erschossen zu werden.

Wer dies alles überstand, kam traumatisiert nach Hause.

Heimgekehrte Soldaten konnte man in zwei Kategorien einteilen:

Die einen erzählten bei jedem nur möglichen Stichwort ihre ganze Kriegsgeschichte. Wenn im Frühling der Wald vom Duft der Maiglöckchen erfüllt war, erinnerten sie sich: „So roch es damals in den endlosen Wäldern Russlands, als wir durchgezogen sind." Und es folgte die lange Fortsetzung ihrer Erlebniserzählung.

Die anderen waren stumm. Selbst auf gezieltes Nachfragen erzählten sie nur wenig oder gar nichts von dieser Zeit. Zu dieser Kategorie zählte Karl Holzmann.

Nach seiner Ausbildung zum Panzerfahrer kämpfte er an der Grenze nach Dänemark. Er geriet in dänische Gefangenschaft und hat in einem Lager direkt an der Nordsee die schlimmste Zeit seines Lebens verbracht und er war noch nicht einmal zwanzig Jahre alt.

Später, nach seiner Heimkehr gegen Kriegsende, war er total abgemagert. Er hatte Hunger gelitten. Er, der Schwarzwälder Bub, kannte bis dahin keine Meerestiere als Lebensmittel und er hätte sich bestimmt geweigert, diese zu essen, selbst wenn jemand ihre kulinarische Köstlichkeit gepriesen hätte.

Aber in dänischer Gefangenschaft aßen sie alles, was das Meer an Land spülte, und konnten so überleben.

22

Nach dem Krieg

Karl und Lore kannten sich bereits seit ihrer Schulzeit. Sie war ein Jahr älter als er und wohnte in der Bismarckstraße gegenüber vom Gasthaus „Zur Arche", wo die Straße in das Katzensteigtal abzweigt, an dessen Ende auf über tausend Metern Meereshöhe der Hauptquellfluss der Donau, die Breg, entspringt.

Nach Beendigung ihrer Volksschulzeit hatte Lore eine Lehre in der „Baduf" begonnen. Sie wäre gerne noch weiter zur Schule gegangen, doch der Besuch der Höheren Handelsschule war nur mit Schulgeld möglich, und für ihren Vater Josef, der als einfacher Arbeiter in der Firma Koepfer an der Drehbank stand, überhaupt nicht finanzierbar. Deshalb blieb ihr nur die Lehre zur Kaufmännischen Angestellten in der Uhrenfabrik. Sie lernte Schreibmaschinenschreiben, Stenografie und alles, was noch zur Ausübung dieses Berufs nötig war.

Die Nazis wussten, dass man junge Menschen durch gemeinsame Sportveranstaltungen begeistern und zugleich für den bevorstehenden Krieg „wehrertüchtigen" konnte.

Bei einer solchen Veranstaltung war Lore eingeteilt, beim Weitsprung der jungen Männer mit dem Maßband die jeweils gesprungene Länge zu messen und aufzuschreiben. Jeder musste dreimal springen, und die Addition der drei Messungen führte zum Endergebnis dieses Wettbewerbs.

Nach jedem der drei Sprünge Karls „dehnte" sie das Maßband und korrigierte ihr Ergebnis zu seinen Gunsten leicht nach oben.

Augenzwinkernd gab sie es ihm bekannt, und er bedankte sich bei ihr mit seinem schönsten Lächeln: „Das hast du prima gemacht."

Er hatte damals ein altes Fahrrad gelb angestrichen. Damit fuhr er jetzt immer öfter von der Unterallmend in die Bismarckstraße, um Lore zu treffen.

Dann kam der Tag, an dem sie sich ein letztes Mal begegneten, bevor beide ihren Dienst bei der Wehrmacht antreten mussten.

Mit der Bregtalbahn waren sie in Donaueschingen am Bahnhof angekommen, wo sich jetzt ihre Wege trennten.

„Mach`s gut, ich muss den Zug Richtung München nehmen", sagte Lore. Sie war als Schreibkraft eingeteilt und würde am Ende ihres Einsatzes bis nach Königsberg gelangen.

„Und ich muss ganz in den Norden, nach Neuruppin zu den Panzern", entgegnete Karl.

Sie umarmten sich beide und vereinbarten, dass sie sich nach dem Krieg unbedingt wiedersehen müssten.

*

Hulda hatte während der kriegsbedingten Abwesenheit ihres Vaters und später noch ihres Bruders Karl daheim im „Lutze-Hus" die Rolle des Haushaltvorstands übernommen. Als Frau Mitte dreißig war sie unverheiratet und würde auch nie mehr einen Mann kennenlernen, geschweige denn heiraten. Ihr Erscheinungsbild wurde mehr und mehr männlich geprägt. Sie litt unter immer stärker werdenden Bartwuchs und musste sich täglich rasieren. Sie und Karline sorgten mit ihren geringen Löhnen als Arbeiterinnen für das finanzielle Einkommen für ihre Mutter Josefine und ihre jüngere Schwester Agnes, die noch während des Krieges eine Lehre als Schneiderin begonnen hatte.

Auch nach seiner Rückkehr aus der Kriegsgefangenschaft wurde Karl von ihnen versorgt; denn für ihn galt es, möglichst rasch die Ausbildung in der Staatlichen Uhrmacherschule zu beenden.

Und wenige Wochen nach Kriegsende war er unverhofft auch wieder da. Fritz Holzmann. Allerdings nur ganz kurz.

„Ich komme nur, um euch zu sagen, dass ich umziehen werde. Ich werde nicht mehr in Furtwangen bleiben", sagte er, nachdem er die steile Treppe hinauf gestiegen war und seine Familie in der Küche überraschte.

Mit ihm war Hans Ferdinand Kretzer, sein Cousin aus dem Saarland, als Umzugshelfer gekommen.

„Ich wohne jetzt bei meiner Schwester Mina in Dillingen", ergänzte er noch.

Josefine weinte. Hulda war so wütend, dass sie später äußerte: „Wenn der noch einmal kommt, dann werfe ich ihn die Stiege hinunter!"

Aber er kam danach nicht noch einmal. Nie mehr.

Fritz packte rasch die Dinge ein, die er mitzunehmen sich schon während des langen Fußmarsches nach Furtwangen überlegt hatte: ein paar Kleidungsstücke und vor allem seine Werkzeuge aus dem Schuppen, den er damals gebaut hatte, damals, als er noch von einer anderen Zukunft als Fabrikant geträumt hatte.

Er lud alles auf einen großen Viehwagen, den die beiden von Hand zogen, und so schnell wie sie gekommen waren, waren sie auch schon wieder weg.

Nach mehreren Tagesmärschen - über eine Woche - erreichten sie Dillingen, wo Fritz in der Heiligenbergstraße 63 im 2. Stock fortan wohnte.

Das Haus war durch französische Granaten stark beschädigt.

Fritz hatte das gesamte Treppenhaus wieder aufgebaut und die zerstörten Türen ersetzt. Das war quasi die Gegenleistung dafür, dass seine Schwester Mina ihn in ihre Familie aufgenommen hatte. Doch er würde nur wenige Wochen dieses Gastrecht in Anspruch nehmen. Er beabsichtigte, sich zusammen mit seiner „neuen Frau" Maria Bernauer eine neue Existenz aufzubauen. Aus dem Uhrmacher und Elektrofeinmechaniker Fritz Holzmann sollte ein Geflügelzüchter werden.

*

Karl hatte Lore nicht vergessen, und Lore hatte Karl nicht vergessen. Ihr gemeinsamer Wunsch am Bahnhof in Donaueschingen, sich nach dem Krieg wieder treffen zu wollen, ging in Erfüllung.

„Sobald ich meine Schule beendet habe", sagte Karl, „werden wir heiraten." Und Lore strahlte.

Karl und Lore Holzmann

Seine Motivation für das Lernen war jetzt eine ganz andere. Am 28. Februar 1947 hielt er endlich sein Abschlusszeugnis in den Händen: sechsmal Note 2 und viermal Note 3 belohnten ihn für seine Anstrengungen.

Lore, die nach ihrer Rückkehr die Arbeit in der „Baduf" wieder aufgenommen hatte, legte bei Geschäftsführer Willi Paul ein gutes Wort für Karl ein. Er wurde in die Firma als Techniker aufgenommen. Seine Hauptaufgabe bestand darin, Uhrenbestandteile zu fertigen. Er war fleißig und geschickt, so dass er bald zum Meister seiner Abteilung bestellt wurde.

Ein halbes Jahr später, am 6. September 1947, heirateten Karl und Lore. Hulda hätte dies allzu gerne verhindert. Noch wenige Wochen vor der Hochzeit passte sie Lore auf dem Nachhauseweg von der Arbeit am Beginn der Bismarckstraße ab.

„Du, ich möchte nicht, dass du meinen Bruder noch einmal triffst. Lass ihn in Ruhe!", hatte sie ohne Umschweife deutlich gesagt und sie dabei mit einem bösen Blick angeschaut.

Aus ihrer Sicht war diese Aktion verständlich. Sie wollte nicht, dass auch noch der letzte Mann aus dem „Lutze-Hus" weggeht.

Lore hat ihr diese Worte nie verziehen.

23

Später

Die Nachkriegsjahre gingen bald über in eine Zeit, die man später als „Wirtschaftswunder" bezeichnen würde. Damit beschrieb man das unerwartet schnelle und nachhaltige Wirtschaftswachstum in der neuen Bundesrepublik Deutschland.

Dieses Wirtschaftswunder verlieh den Deutschen nach den Schrecken des Zweiten Weltkrieges und dem Elend der unmittelbaren Nachkriegszeit ein neues Selbstbewusstsein.

1954 gewann die deutsche Fußballnationalmannschaft mit ihrem legendären Trainer Sepp Herberger die Weltmeisterschaft, auch ein absolut unerwartetes Ereignis, das als „Wunder von Bern" in die Sportgeschichte einging. Sie besiegten die ungarischen Fußballer nach einem heiß umkämpften Spiel mit 3:2, womit niemand gerechnet hatte; denn die Ungarn galten damals als unbezwingbar und hatten lange Zeit kein Spiel mehr verloren.

Als der Siegerpokal überreicht wurde, hatten die Musiker des Schweizer Musikkorps im Wankdorfstadion nur die Noten der ungarischen Hymne dabei, und die Frage: „Was spielen wir bloß?", war nicht zu beantworten.

Karl Holzmann verfolgte dieses Spiel vor seinem neuen Radiogerät zu Hause in der Bismarckstraße 60, wo er seit seiner Hochzeit mit Lore im 1. Stock wohnte. Direkt über ihnen befand sich die Wohnung von Lores Eltern.

Einige Furtwanger Fußballanhänger hatten sich sogar mit ihrem neu erworbenen VW-Käfer auf den Weg nach Bern gemacht, um das Spiel live anzuschauen, und sie berichteten zu Haus begeistert vom „Fußballgott" Toni Turek, der alle schier unhaltbaren Bälle der Ungarn abwehrte, und sie schwärmten von Helmut Rahns drittem Tor, das den Sieg für die deutschen Fußballer besiegelt hatte.

Karoline Woller interessierte sich nicht für Fußball. Sie ging weiterhin Tag für Tag zur Arbeit in „ihre Baduf". Aber einer dieser Tage sollte für sie ein ganz besonderer werden.

Sie wurde überrascht von hohem Besuch in der Firma. Der Herr Landrat aus Donaueschingen war angereist, die Pressevertreter vom „Schwarzwälder Boten" und vom „Südkurier" waren gekommen, und Frau Hella Maier, die Inhaberin des gleichnamigen Fotohauses, war ebenfalls dabei, damit das bevorstehende Ereignis mit Fotos dokumentiert werden konnte.

Worum es ging, lasen die Furtwanger Tags danach in der Zeitung:

Verdienstkreuz für zuverlässige Arbeiterin

„Geschäftsleitung und Belegschaft der Firma Badische Uhrenfabrik versammelten sich am Arbeitsplatz ihrer Kollegin, der Montagearbeiterin Karoline Woller, wo ihr das vom Bundespräsidenten verliehene Verdienstkreuz durch Landrat Dr. Lienhardt angeheftet wurde. So wurde ein beispielhaftes Arbeiterleben auch von höchster Stelle anerkannt. Frl. Karoline Woller ist als eben schulentlassenes junges Mädchen 1899 bei der Firma Badische

Uhrenfabrik als Arbeiterin eingetreten und ist diesem Hause 56 Jahre lang treu geblieben. Sie ist heute noch mit ihren 70 Jahren Tag für Tag in der Montage von Schlagwerken am Fließband tätig und nimmt es in Arbeitsleistung und Zuverlässigkeit auch mit den Jungen auf. Ihr unverändert freundliches Wesen und ihre stete Hilfsbereitschaft haben ihr nicht nur bei der Geschäftsleitung und Belegschaft ihres Betriebes, sondern auch darüber hinaus bei alt und jung [sic!] Sympathien erworben und bewahrt. So konnten denn auch Landrat Lienhardt und Geschäftsführer Paul in ihren Ansprachen feststellen, daß die Auszeichnung nicht nur dem Umstand der langen Dienstzeit bei der gleichen Firme gelte, sondern auch der während dieser ganzen Zeit durch Einsatz und Leistung bewiesenen Gesinnung die höchste Befriedigung im Bewußtsein erfüllter Pflichten erblicke und hier in reichem Maße und als unvergängliches Gut gefunden habe. In den Glückwünschen, die Frl. Woller vom Landrat, von ihrem Chef und ihren Arbeitskollegen entgegennehmen durfte, kam die Überzeugung aller zum Ausdruck, daß ihre gegenwärtige Konstitution ihr noch manches Jahr reger Tätigkeit in ihrem Betrieb verbürge. Auch in ihrem privaten Leben ist die Jubilarin überall beliebt und geschätzt. In früheren Jahren war sie im öffentlichen Leben als Mitglied des Bürgerausschusses und als Leiterin des ehemaligen Katholischen Arbeiterinnenvereins eifrig tätig."

Damit hatte Karline eine Ehrung erfahren, die bis dahin nur wenigen Furtwanger Bürgern zuteil geworden war. Sie, die so gerne ins Kloster eingetreten wäre, hatte als ungelernte Arbeiterin viele tausend Uhren mitgebaut, und ihr Vater, der Uhrmacher Franz Woller und ihr

Großvater, der Schildermaler Mathias Albert, wären stolz auf sie gewesen, das wusste Karline ganz sicher.

Sie würden zusammen mit ihrer Mutter Konkordia dies alles aus dem Himmel mit angeschaut haben.

Karline mit Bundesverdienstkreuz (1955)

Karlines Patenkind Karle wurde wenig später vom Abteilungsleiter zum Betriebsleiter der „Baduf" befördert. Er verdiente jetzt 1000 DM im Monat. Und mit diesem beruflichen Aufstieg war auch der Umzug in eine firmeneigene Wohnung in der Wilhelmstraße 10 verbunden, in ein Haus, das vormals vom Tierarzt Aberle bewohnt und in dessen

Wohnzimmer ein Parkettboden verlegt war. Daneben gab es ein richtiges Badezimmer mit Badewanne und Bidet und am Ende des Flurs eine Toilette mit Wasserspülung, die das alte Plumpsklo in der Bismarckstraße für die Familie rasch vergessen ließ. Karl und Lore hatten inzwischen zwei Söhne, und ein drittes Kind, eine Tochter, sollte bald noch folgen.

Der ehemalige Panzerfahrer erwarb mit nur wenigen Fahrstunden den Autoführerschein, und er konnte fortan auch zu privaten Fahrten das Firmenfahrzeug, einen Goliath, benutzen.

Die „Baduf" expandierte. Ein neues Zweigwerk wurde im Simonswäldertal gebaut. Hier wurden ausschließlich Kuckucksuhren produziert. Auch hier war Karl der Technische Leiter der Firma. Einmal in der Woche fuhr er mit dem Firmenfahrzeug – nachdem der „Goliath" altersschwach geworden war, wurde er durch einen Opel Rekord ersetzt – über die Neueck nach Gütenbach und weiter hinunter ins Tal, um dort seine beruflichen Aufgaben zu erledigen.

*

In dieser Zeit flatterte ein Brief in den Postkasten der Unterallmendstraße 14, der an Frl. Hulda Holzmann adressiert war. Auf der Rückseite des Kuverts war der Name der Absenderin geschrieben: Wilhelmina Kretzer, Heiligenbergstraße 63, Dillingen (Saarland)

Fritz Holzmanns jüngere Schwester hatte immer einmal wieder brieflichen Kontakt mit ihrer Schwägerin Josefine gehabt. Sie missbilligte das Verhalten ihres Bruders, seine Nazi-Vergangenheit, vor allem, dass er seine Familie wegen einer anderen Frau verlassen hatte und dass er Josefine keinen Unterhalt bezahlte. Sie litt mit ihrer Schwägerin mit.

1953 hatte Tante Mina, so nannten sie Josefines Kinder, sogar einmal mit ihrem Sohn Hansferdi eine Reise nach Furtwangen unternommen, um ihre Solidarität zu bekunden.

Und nun ein Brief von ihr an Hulda?

Hulda kam an diesem Abend von der Arbeit zurück, und Josefine empfing ihre Tochter fröhlich mit den Worten:

„Du hast einen Brief von Tante Mina erhalten. Schnell, mach ihn auf und lies ihn mir vor!"

Hulda öffnete das Kuvert mit einem spitzen Messer, zog den Brief heraus und faltete ihn auf. Dann setzte sie sich neben ihre Mutter an den Stubentisch und las laut vor:

[sic!]   *Dillingen Saar, den 13. Juni 1956*

Liebe Hulda,

diesen Brief hätte ich gerne an Deine Mutter geschrieben, aber ich weiß nicht wie es ihr geht, ob sie sich aufregt, oder nicht, also setzt Euch alle mal zuerst.

Liebe Josefine sei bitte nicht böse, daß ich erst an Hulda schreibe ich habe den Grund oben angegeben.

Heute morgen kurz nach ½ 8 Uhr klingelte es an der Haustür und als ich nachsehen wollte wer draußen ist, so früh am Tag, stand Euer Vater draußen und frug, ob ich ihn für einen Augenblick hereinlassen wollte. Er käme nicht betteln! Ich führte ihn dann in die Küche und bot ihm einen Stuhl an. Dann sagte er: Ich möchte gerne wissen wieviel Kinder Karl hat, wie sie heißen und wann sie geboren sind, ebenso frug er nach Agnes und ihren Nachkommen. Ich weiß ja nur die Namen nicht mehr konnte ich ihm nicht sagen. [sic!] Dann zeigte ich ihm einige Bilder, die Hansferdi bei unserem Besuch bei Euch vor drei Jahren gemacht hat. Er hat ein paarmal Luft geholt und dann frug er mich, ob er ein Bild mitnehmen dürfte. Ich habe gesagt: Suche Dir aus was du haben willst, er nahm dann ein Bildchen wo Karl mit den beiden Buben im Garten ist und ihnen etwas zeigte, und noch 2 andere. Ich war einfach perplex. Er bat mich dann um Verzeihung für alles was er mir angetan hat. Du wirst mir doch verzeihen, hat er gesagt ob ich es noch gut machen kann weiß ich nicht! Gut machen kann er es ja nicht, aber verzeihen das will ich gerne. Er hat mich auch nach dem Geburtsdatum von Hansferdi gefragt, aber wenn er vorhat ein Testament zu hinterlegen dann möchte ich nicht daß Hansferdi darin bedacht wird. Ich werde Fritz es sagen wenn er nächste Woche wieder kommt, er hofft, daß ich bis dahin von Euch Nachricht habe. Er will die Angaben bei mir abholen ich soll sie ihm nicht nach Ihn-Rammelfangen schreiben.

Liebe Hulda, du kannst ja an Euren Vater an meine Adresse einen Brief schreiben mit den Angaben, den ich ihm dann geben kann, oder Karl oder Agnes können schreiben. Warum er die Angaben bei mir abholen will weiß ich nicht, das ist wieder eines der vielen Geheimnisse die uns immer soviel Mißtrauen einflößen.

Er hat mir noch erzählt, daß er eine schöne Hühnerfarm mit Wohnhaus zwischen den Dörfern Rammelfangen und Ihn gebaut habe, das meiste hätte er selbst gemacht auch den Plan. Er hätte jetzt 80 alte Hühner und 600 junge.

Ich habe nicht gefragt ob die Frau noch bei ihm ist ich weiß es nicht. Eine

Tasse Kaffee habe ich ihm angeboten, aber er hat gesagt er hätte gegessen.

Zum Abschied habe ich ihm dann die Hand gegeben und alles Gute

gewünscht. Ich habe erzählt, daß Karl sehr krank war, auch daß Du liebe

Josefine krank bist. Er hat garnicht darauf geantwortet, ich glaube er hat es

nicht gehört. Er wollte noch wissen wie dem Karl seine Frau heißt das habe ich

ihm noch gesagt, auch daß sie eine geb. Blessing ist. Er arbeitet noch sehr viel

hat er gesagt, von morgens früh bis in die Nacht. Ich hätte gerne gesagt, das

genügt nicht für ein anständiges Leben, man muß in allem das Rechte tun! Er

hat mir wieder leid getan der arme verirrte Mensch!

Deine Mina und Hansferdi

Hulda antwortete kurz und bündig, dass sie von ihrem Vater nie mehr etwas hören und sehen wolle. Was er getan habe, sei unverzeihlich.

Es folgten in den nächsten Monaten weitere Briefe an Josefine, aus denen hervorging, dass Fritz unbedingt seinen Sohn Karl noch einmal wiedersehen wolle. Er sei jetzt sehr krank und müsse sich in Saarlouis im Krankenhaus operieren lassen.

Karl nahm sich vor, seinem Vater diesen Wunsch eines Wiedersehens zu erfüllen. Doch zu einer Begegnung kam es leider nicht mehr.

Fritz Holzmann starb am 9. Oktober 1958 im Krankenhaus in Saarlouis.

Kurz zuvor hatte Wilhelmina nochmals an Josefine geschrieben:

[sic!]

Dillingen Saar, den 21. September 1958

Liebe Josefine,

Dieses mal hat es besonders lange gedauert bis ich mein Versprechen wahr mache.

Ich bin wirklich schreibfaul zur Zeit, aber ich will mich bessern. Hansferdi hat mir kurz von Dir und Deiner Familie erzählt, am meisten von den Kinder vom Karl und der Agnes. Vielen Dank auch für die Bildchen von der ersten hl. Kommunion vom Harald. Du siehst aus dem Hintergrund gut aus, hoffentlich geht es Dir auch so gut wie Du aussiehst, oder war es nur die Freude die aus Deinem Gesicht strahlt anläßlich der Feier des Tages für Deinen Enkel. Der Harald ist groß und ein schöner Bub als Erstkommunikant. Ronald daneben ist auch groß geworden, er wird ja nächstes Jahr bei den Erstkommunikanten sein? Ich habe ein Vergrößerungsglas und habe auf dem Familienbild auch Hulda entdeckt, sie steht neben Karl, ich habe immer gedacht wer ist das nur, ein fremdes Gesicht, vielleicht eine Verwandte von Lore. Karoline hat noch keine Menge Fett angesetzt seit sie in Pension ist. Karl ist zufrieden und Lore sieht gut aus! Mit den Eltern von Lore den beiden Paten und den Kinder habt ihr gewiß eine schöne Feier gehabt. Ich hätte Euch alle gerne einmal wieder gesehen, es zieht mich mehr zu Dir und Deiner Familie als nach Triberg oder St. Georgen zu meinen Schwestern Frieda und Paula.

Friedas Kinder sind mir alle fremd geworden, aber das macht nichts. Jedenfalls die Hilfe die ich geleistet habe als die Kinder klein waren, befriedigt mich. Ich will ja keinen Dank die Kinder können ja nichts dafür wenn sie in ärmlichen Verhältnissen groß werden müssen, wie ich auch, aber ab und zu ein kurzer

Brief wie es geht im allgemeinen und nicht nur wenn man auf den Tod krank ist. Paula habe ich noch einen Brief nach Furtwangen ins Krankenhaus geschrieben als sie zur Nachkur dort war, aber bis heute habe ich noch keine Antwort erhalten. Sie versteht meine Sprache nicht. Ich habe sie ermahnt ihre Buben jeden Sonntag zur Kirche zu schicken und auch selbst in die Kirche zu gehen wenn es ihr möglich ist, sie sich wohl fühlt und unserem Herrgott Dank zu sagen für alles damit ihr das richtige Verständnis kommt für ein religiöses Leben, es ist für sie allerhöchste Zeit. Die Paula tut mir leid ich möchte ihr gerne helfen!

Wie geht es nun bei Euch? Hansferdi erzählte Hulda wäre mit dem Farbtopf und dem Pinsel herum gelaufen und hätte etwas angestrichen. Wenn es mir weiter besser geht dann komme ich doch noch einmal nach Furtwangen.

Nun will ich Dir noch schreiben, daß Fritz am vergangenen Dienstag 16.d.M. operiert worden ist. Ich habe den Arzt, Spezialarzt angerufen und mich erkundigt was er meint, ob er die Operation gut überstehen wird? Dr. Simmel hat mir gesagt er hätte keine Bedenken. Die Frau Maria Wagner war bei mir und hat mich darum gebeten weil nur Verwandte Auskunft bekommen sie nicht. Dieses Drama geht so langsam seinem Ende entgegen. Ich bin nur noch gespannt, wie alles ausgeht. Fritz will den ganzen Besitz verschenken, es sind aber auch schon Liebhaber da, die es kaufen wollen für 5 Millionen das sind etwa 50 000 DM. Die Reifeisen-Kasse hat ein Darlehen von 2 Millionen das sind 20 000 D.M. gegeben für Innen-Ausbau die Fritz aber für andere Zwecke verwendet hat. Der Streit nimmt kein Ende. Fritz will sich verbrennen lassen, weil wenn Frau Maria wieder nach Metz zurück geht niemand sein Grab pflegt. Ob er sich verbrennen läßt, oder in die Erde gebettet wird ist ja gleich, jedenfalls kann er auf keine Art dem Gericht entgehen, die Seele verbrennt nicht und vermodert nicht, habe ich gesagt! Es wäre kein Auskommen mehr mit ihm. Der Rechtsanwalt hätte gesagt der Paragraph 51 könne für ihn ohne weiteres angewendet werden. Die Frau hat ihre Last. Wenn sie fort ginge, wolle er sich in den tiefsten Wasserbehälter stürzen hat er gesagt und sie will doch nicht an seinem Tod schuldig sein. Es ist sehr traurig für uns alle habe ich gesagt. „Ich wollte mein Bruder hätte Sie nie kennen gelernt und wäre bei seiner Familie geblieben dann wäre ihnen, meiner guten Schwägerin und den braven und friedlichen Kinder viel Leid und Kummer erspart geblieben." Ich wäre auch froh wenn ich sagen könnte mein Bruder ist sittlich und moralisch ein Ehrenmann, Hut ab vor ihm, so aber muß ich mich meines Bruders schämen. Er hat auch Kunden in Dillingen und wo er hinkommt erzählt er, daß ich seine Schwester bin. Ich bin jetzt 36 Jahre hier und durch meine langjährige Tätigkeit im Konsum kennen mich natürlich viele Dillinger. Was werden sie denken wenn er mit meinem Namen für sich Propaganda macht! Man braucht keine Hühnerfarm um anerkannt zu sein, das nützt nichts wenn ich kein anständiger Mensch bin. Ehrlich wärt am längsten!

Und zum Schluß immer wieder ein armer, armer Mensch er tut mir in der Seele leid daß er mit solch einem minderwertigen Charakter behaftet ist und nicht die Kraft besitzt sich durchzuringen zu einem ehrlichen, anständigen Leben. Frau Maria hat noch gesagt, daß er keinen Besuch haben will, er würde jedem der käm das nächstbeste an den Kopf werfen. Das war für mich gemeint. Nein ich besuche ihn nicht. Fritz darf auch nicht wissen, daß die Frau bei mir war.

Das ist das Neueste in dieser Angelegenheit. Wir können nichts tun als alles unserm Herrgott überlassen, er wird es wohl machen. Ich werde wieder eine Messe für ihn lesen lassen, zu Ehren der immerwährenden Hilfe für einen verirrten Bruder. Anders kann ich nichts für ihn tun.

Schreib auch einmal wieder liebe Josefine und sage Hulda sie soll mich nicht falsch verstehen, wenn ich von ihrem Vater schreibe er wäre ein kleines, armes Männchen geworden. Ich entschuldige damit seine Verbrechen nicht und nehme ihn in keiner Weise in Schutz, dafür leide ich all die Jahre mit Dir und Deinen Kinder wegen seiner Vergehen, seiner vielen und schweren Sünden und jeder Mensch der halt fehlt ist doch zu bedauern, er ist von Gott verlassen. Er hält ihn nicht und schützt ihn nicht, Er läßt ihn fallen und der Teufel nimmt von ihm Besitz und darum ist er eben ein armer Mensch!

So habe ich es auch Hansferdi erklärt, wie ich es meinte mit dem Ausdruck kl. arm. Männchen!

Nun ist es spät geworden aber einmal wollte ich Dir wieder ausführlich schreiben.

Grüße Deine Lieben alle von uns, Karl u. Familie, Agnes mit Mann und Kinder, Hulda und die treue Karolin besonders Du sei herzlichst gegrüßt von

Deiner Mina und Hansferdi..

Hoffentlich kannst Du alles lesen! Ich habe heute morgen als ich den Brief noch einmal las viele Fehler verbessert, es geht mir auch nicht anders als Dir!

An welcher Krankheit Fritz Holzmann litt, abgesehen von seinem psychischen Zustand, weshalb er operiert werden musste und was seinen Tod verursacht hatte, wurde nie erwähnt.

Karl Holzmann war seinem Vater nicht mehr begegnet. Doch er reiste nach Saarlouis, um die Formalitäten des Todesfalles zu regeln und er kümmerte sich darum, dass seine Mutter eine Witwenrente zugesprochen bekam. Denn die Ehe von Josefine und Karl Friedrich Holzmann war nie geschieden worden.

Vom Amtsgericht Saarlouis wurde am 21.11.1958 sein „Letzter Wille" mitgeteilt, in dem Friedrich Holzmann „alles was vorhanden ist" Maria Wagner, geborene Bernauer, vermachte.

24

Späte Blüte und schwere Uhrenkrise

Es folgte die Zeit des Vietnamkrieges, der Studentenbewegung und der sexuellen Revolution.

Walter Ulbricht veranlasste den Bau der Berliner Mauer, mit dem russischen Kosmonauten Juri Gagarin war zum ersten Male ein Raumflug eines Menschen erfolgreich durchgeführt worden, John F. Kennedy wurde in Dallas ermordet, Willy Brandt saß als erster SPD-Politiker im Bundeskanzleramt, der Prager Frühling endete mit dem Einmarsch der Truppen des Warschauer Pakts, Neil Armstrong sprach nach der Mondlandung seinen legendären Satz „vom kleinen Schritt eines Menschen, der ein großer Schritt für die Menschheit bedeutet", und die Beatles sangen „She loves you", „Help" und „Yesterday" und landeten einen Song nach dem anderen an die Spitze der Charts.

Und diese 60er Jahre brachten eine Blütezeit für die „Baduf", aber niemand ahnte, dass danach die 70er Jahre eine schwere Uhrenkrise bringen würden.

Josefine Holzmann, geb. Woller, erlebte dies nicht mehr. Sie starb im letzten Jahr des Jahrzehnts, am 23. September 1969.

Ihre drei Jahre ältere Schwester Karolina, genannt Karline, überlebte sie noch weitere sieben Jahre.

Josefine und Karline

Allerdings hatten alle drei, Karline, Josefine und Hulda zuletzt nicht mehr gemeinsam im „Lutze-Hus" gewohnt. Sie mussten in eine Neubauwohnung am Sommerberg umziehen.

Der Grund dafür war folgender:

Die Uhrmacherschule hatte sich nach 1945 ständig weiter entwickelt und in zwei Zweige aufgegliedert: eine Berufliche Schule, benannt nach dem Gründer Robert Gerwig, und die Staatliche Ingenieurschule für Feinwerktechnik, die mit Einführung der Fachhochschulen 1971 zur „Fachhochschule Furtwangen" wurde.

Nachdem sich Lehre und Forschung in Furtwangen lange Zeit auf Ingenieurwissenschaften konzentrierte, wurde das Studienangebot ab den siebziger Jahren auf die Bereiche Informatik, Wirtschaft und Digitale Medien erweitert. Mit der Novellierung des

Landeshochschulgesetzes wurde sie 1997 zunächst in „Hochschule für Technik und Wirtschaft" und später in „Hochschule Furtwangen" umbenannt.

Die Erweiterungsbauten dieser Hochschule benötigten viel Platz. Deshalb hatte das Land Baden-Württemberg die uralten, zum Teil auch baufälligen Häuser in der Unteren Allmend gekauft, um sie danach der Abrissbirne preiszugeben.

Vom „Lutze-Hus", dem „Heimethus" der Familie Woller-Holzmann, blieb nur noch der Grundstein übrig.

*

Die Uhrenkrise kam nicht überraschend. Neue fernöstliche Produkte drangen in vielen technischen Bereichen als starke Konkurrenz auf den europäischen Markt. Fotoapparate der Marke Minolta, Autos der Firmen Mitsubishi und Toyota versprachen modernste technische Qualität zu vergleichbar günstigem Preis.

Besonders hart betraf dieser Wandel die Uhrenindustrie. Sie hatte außerdem, was die Modernisierung betraf, die „Zeit verschlafen".

Innerhalb eines Jahrzehnts änderte sich die Herstellung von Uhrwerken grundlegend. Die traditionellen mechanischen Uhrwerke für den Alltag wurden in den 1970er Jahren durch zwei Innovationswellen regelrecht vom Markt gefegt. Kunststoff trat an die Stelle von Metall, die Elektromechanik und danach die Mikroelektronik der Quarzuhren an die Stelle der Mechanik. Wer als Uhrenfabrikant bei der herkömmlichen Feinmechanik blieb und es nicht schaffte, auf die neuen Materialien und Technologien umzusteigen, musste innerhalb weniger Jahre Bankrott anmelden.

Die Chefs der Uhrenfabrik Kaiser in Villingen bemerkten lange Zeit nicht, dass sie mit jeder Uhr, die ihre Fabrik verließ, Geld verschenkt hatten, weil sie diese billiger verkauften, als ihre Produktion Geld gekostet hatte. Es drohte die Insolvenz.

Für die Tochterfirma „Baduf" bedeutete dies gleichfalls das Aus, obwohl im Bereich der Kuckucksuhren noch viel Geld erwirtschaftet wurde.

1983 folgte der Konkurs, und die Schwarzwälder Uhrwerke-Fabrik Burger GmbH in Schonach übernahm die Produktionsanlagen der „Baduf" für Kuckucksuhrenwerke. 1984 wurde die Produktion in Furtwangen ganz eingestellt und der Betrieb aufgelöst.

Für Karl Holzmann war dies kurz vor Ende seines beruflichen Lebens ein schwerer Schlag. Denn die „Baduf" war nicht nur „sein Leben". Sie war auch Arbeitgeberin seiner Lore, seiner Mutter Josefine, seiner Patin Karoline und seines Großvaters Franz Woller gewesen.

Die Firma befand sich an der Ecke Bregstraße/Weibert-Mahler-Straße. Dort wo man, von Freiburg kommend, in Richtung Brend/Friedhof links abbiegt, stand an der rechten Straßenseite die „Badische Uhrenfabrik Furtwangen".

Das Gebäude wurde abgerissen.

Badische Uhrenfabrik Furtwangen (Baduf)

So drohte Karl Holzmann nach der Firmeninsolvenz mit 59 Jahren die Arbeitslosigkeit. Doch er hatte sich in der Branche einen Namen verschafft, so dass er mehrere Arbeitsangebote bekam. Zunächst war er in der Firma Schmeckenbecher tätig, kurze Zeit später lockte ihn ein Angebot der Firma Haller, St. Georgen.

Als Technischer Leiter kamen dort neue Herausforderungen auf ihn zu.

Zusammen mit der Elektrofirma Braun entwickelte er den „ersten absolut leisen Wecker".

Zu seinen Aufgaben gehörte es auch, beim Aufbau eines Zweigwerks in Manaus/Brasilien mitzuwirken.

So kam er noch in den Genuss, Südamerika kennenzulernen. Seine Lore durfte ihn begleiten. Die Reise nach Brasilien hatte ihnen Anreiz geboten, im Ruhestand noch weitere Fernreisen zu unternehmen.

Sie bereisten einmal Indien und später China.

Karl Holzmann hatte im Bereich der Uhrenfertigung insgesamt fünf Patente und ca. 12 Gebrauchsmuster geschaffen.

Im Alter von 63 Jahren trat er in den Ruhestand.

Später, in seinen letzten Lebensjahren, litt er zunehmend an Gedächtnisverlust.

Mehrere Operationen am Fuß führten zu immer wiederkehrenden Klinikaufenthalten.

Seinen 80. Geburtstag erlebte er im Krankenhaus in Neustadt, ohne dass er diesen Jubiläumstag bewusst wahrgenommen hatte.

Im Herbst desselben Jahres starb Karl Holzmann am 30. September 2005 zu Hause in seinem Bett, nachdem er am Vortag aus dem Klinikum Villingen entlassen worden war.

Es gab für ihn keine gläsernen Leuchter rechts und links an seiner Bahre zu Hause in der Wohnstube.

Auch das Bestattungswesen hatte sich grundlegend verändert. Bereits wenige Stunden nach seinem Tod wurde er in die Leichenhalle auf dem Furtwanger Friedhof überführt und zwei Tage später beerdigt.

Der Rosenkranz wurde für ihn in der Friedhofkapelle gebetet.

Mit ihm endete die Tradition einer Familie von Schildermalern und Uhrmachern.

E n d e

Nachwort des Autors

Alle Hauptfiguren dieses Familienromans haben wirklich gelebt.

Die erzählte Zeit umfasst den Zeitraum von ca. 150 Jahren, von der Mitte des 19. bis zum Beginn des 21. Jahrhunderts.

Das kleine Mädchen Konkordia in St. Märgen war meine Urgroßmutter, ihre jüngere Tochter Josefine war meine Oma und deren Sohn Karl, den sie alle „Karle" nannten, mein Vater.

Als kleiner Junge habe ich oft in der Stube im „Lutze-Hus" den Geschichten gelauscht, die Josefine und ihre Schwester Karline erzählten, von ihrem Großvater, dem Schildermaler Mathias und ihrem Vater Franz, dem Uhrmacher, der täglich den weiten Weg von Neustadt nach Futwangen zur Arbeit ging und der in einem Wintersturm starke Erfrierungen an den Beinen erlitten hatte, dass er danach siebzehn Jahre krank und erwerbslos gewesen ist.

Mich beeindruckte die starke Bindung der beiden Schwestern.

Ich habe oft erlebt, wie sie gemeinsam den Rosenkranz gebetet und ihre Lieder gesungen haben, wie sie auch noch nach Jahren um ihren im 1. Weltkrieg gefallenen Bruder Franz „Selig" trauerten.

Mich berührten ihre Erzählungen vom „Hamstern" und mich amüsierte ihre Geschichte von den Ohrringen meiner Oma und vom „Stechen der Ohrlöcher" an der Werkbank in der „Badischen Uhrenfabrik".

Ich bin ihnen dankbar, dass sie Briefe und Zeitungsberichte gesammelt haben, und ich danke meinem Vater Karl, der mir diese für meinen Roman so wichtigen Quellen hinterlassen hat.

Ich danke auch meiner lieben Frau Christine, die mich mit dem kritischen Blick einer erfahrenen Romanleserin beraten hat.

Als erster „Nicht-Uhrmacher" in der Generationsfolge habe ich Glück, dass es heute die Möglichkeit der Internetrecherche gibt. Ich habe viele Stunden damit verbracht, mich über die „Uhrmacherei" und zum geschichtlichen Hintergrund kundig zu machen. Auch die jährlich herausgegebenen Mitteilungen des Geschichts- und Heimatvereins Furtwangen boten mir wichtige Einblicke in die Vergangenheit.

Und ich höre seither Carl Loewes Balladenvertonung mit „anderen" Ohren.

Die Uhr

Text von Johann Gabriel Seidl (1830)
Vertont von Carl Loewe, op. 123, Nr. 3 (1852)

Ich trage, wo ich gehe, stets eine Uhr bei mir;
Wieviel es geschlagen habe, genau seh ich an ihr.
Es ist ein großer Meister, der künstlich ihr Werk gefügt,
Wenngleich ihr Gang nicht immer dem törichten Wunsche genügt.

Ich wollte, sie wäre rascher gegangen an manchem Tag;
Ich wollte, sie hätte manchmal verzögert den raschen Schlag.
In meinen Leiden und Freuden, in Sturm und in der Ruh,
Was immer geschah im Leben, sie pochte den Takt dazu.

Sie schlug am Sarge des Vaters, sie schlug an des Freundes Bahr,
Sie schlug am Morgen der Liebe, sie schlug am Traualtar.
Sie schlug an der Wiege des Kindes, sie schlägt, will's Gott, noch oft,
Wenn bessere Tage kommen, wie meine Seele es hofft.

Und ward sie auch einmal träger, und drohte zu stocken ihr Lauf,
So zog der Meister immer großmütig sie wieder auf.
Doch stände sie einmal stille, dann wär's um sie geschehn,
Kein andrer, als der sie fügte, bringt die Zerstörte zum Gehn.

Dann müsst ich zum Meister wandern, der wohnt am Ende wohl weit,
Wohl draußen, jenseits der Erde, wohl dort in der Ewigkeit!
Dann gäb ich sie ihm zurücke mit dankbar kindlichem Flehn:
Sieh, Herr, ich hab nichts verdorben, sie blieb von selber stehn.

Hauptfiguren des Romans

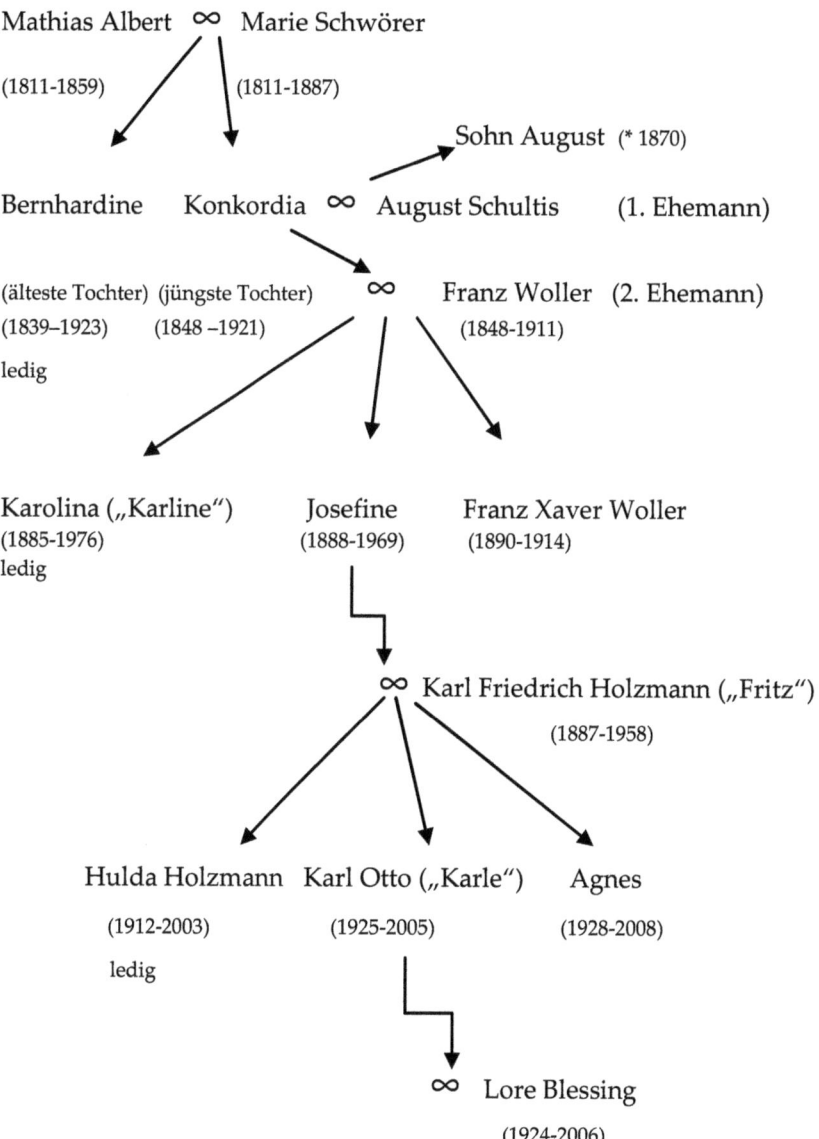

Mathias Albert ∞ Marie Schwörer

(1811-1859)   (1811-1887)

Sohn August (* 1870)

Bernhardine   Konkordia ∞ August Schultis   (1. Ehemann)

(älteste Tochter) (jüngste Tochter)   ∞   Franz Woller (2. Ehemann)
(1839–1923)   (1848 –1921)   (1848-1911)
ledig

Karolina („Karline")   Josefine   Franz Xaver Woller
(1885-1976)   (1888-1969)   (1890-1914)
ledig

∞ Karl Friedrich Holzmann („Fritz")
(1887-1958)

Hulda Holzmann   Karl Otto („Karle")   Agnes

(1912-2003)   (1925-2005)   (1928-2008)

ledig

∞ Lore Blessing
(1924-2006)

Nachwort zur 2. Auflage

Zu Beginn der Corona-Pandemie im Februar 2020 habe ich mich entschlossen, diesen Roman zu schreiben. Je mehr ich mich mit der Biografie meines Ururgroßvaters Mathias Albert befasste, umso stärker war es mein Wunsch, in St. Märgen noch mehr über ihn zu erfahren. Ich vermutete, dass dort noch Uhrenschilder von ihm erhalten sind. Doch der im März verhängte Lockdown bremste meine Recherchevorhaben aus.

Anfang Juni beendete ich meine Schreibarbeit und gab das Manuskript zum Druck frei.

In dieser Zeit erschien in der „Badischen Zeitung" ein Bericht über das Klostermuseum St. Märgen. Eine Sonderausstellung zum Thema „Holzräderuhren" hätte dort bereits zu Ostern eröffnet werden sollen, was auf Grund des Lockdowns jedoch verschoben werden musste.

Den Zeitungsartikel ergänzte ein Foto, das Josef Saier, den Museumsleiter, zeigte. Ich nahm telefonisch Kontakt mit ihm auf, und er war sehr erfreut, dass sich ein Nachkomme des in St. Märgen bis heute bekannten Schildermalers Mathias Albert bei ihm meldete.

Ende Juni durften Museen wieder öffnen. Herr Saier lud mich zu einem Rundgang durchs Klostermuseum ein. Neben einigen Schildern von Mathias Albert, die dort ausgestellt sind, zeigte er mir auch Werke von dessen jüngerem Bruder Augustin. Auch noch vorhandene Auftragslisten für Lieferungen nach England beweisen bis heute, dass die beiden Brüder sehr gefragte und erfolgreiche Schildermaler waren.

Eine Kopie der handschriftlichen Sterbeurkunde Mathias' (in Sütterlinschrift) lässt erkennen, dass das Sterbedatum nicht eindeutig zu lesen ist. Nach meinen bisherigen Unterlagen starb Mathias Albert 184<u>9</u>. Doch die letzte Ziffer lässt auch die Ziffer **3** vermuten, und der begleitende Text der Urkunde bestätigt eher diese These.

Deshalb wollte ich diese wichtige Änderung in der 2. Buchauflage korrigieren, merkte jedoch schnell, dass ich die beiden ersten Kapitel völlig neu schreiben müsste. Denn es ist ein großer Unterschied, ob Konkordia den frühen Tod ihres Vaters als elfjähriges oder als fünfjähriges Kind erlebt hat.

Daher änderte ich inhaltlich nur wenig, doch ist es mir wichtig, darauf hinzuweisen, dass Mathias Albert vermutlich bereits mit 41 Jahren gestorben ist.

Ronald Holzmann

1. Februar 2021

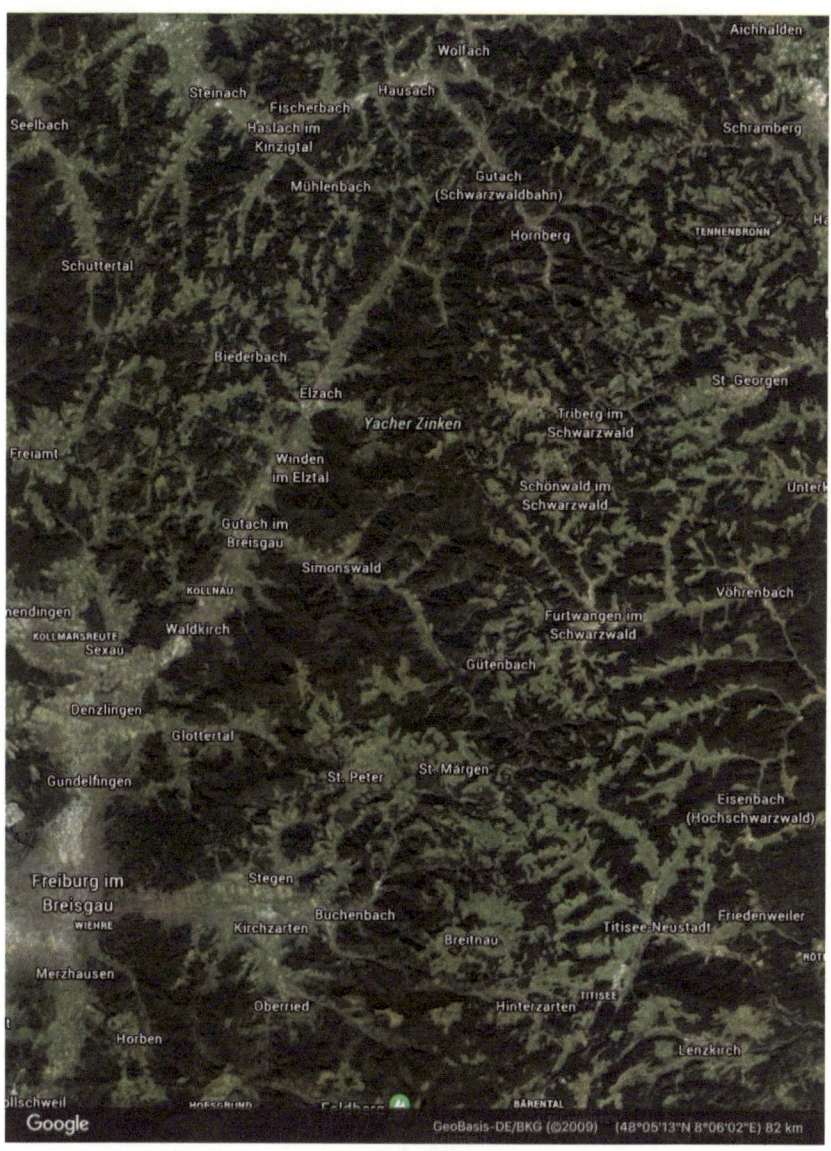

Südschwarzwald

Hauptgebiet der Uhrmacherei: St. Märgen – Neustadt - Furtwangen

Uhrenschilder von Mathias Albert

(Fotos mit freundlicher Genehmigung des Klostermuseums St. Märgen)

Schwarzwälder Tracht mit Strohhut

Da Vincis „Abendmahl" und die vier Evangelisten

Florales Schild mit Apfelrose

Bilderuhr mit Apfelrosen in den vier Ecken

Hochzeitsuhr mit den Namen des Brautpaars

Rückseite eines Uhrenschilds